AF415415

LA SIGNORA DELLE PERLE

Mariù Safier

#readingwithlove

ISBN:9791280555113

(Seconda Edizione)

Editing
Susanna Barbaglia

Immagine e grafica di copertina
Arnaldo Erdassion

Production
Alessandro Nodari

© 2021 #readingwithlove

Seguici su Facebook (readingwithlove.official),
Instagram (readingwithlove_official) e sul
nostro sito www.readingwithlove.it

1

Minacciosa.

La bassa nuvola grigia, orlata ai bordi da sfumature viola, incombeva nel cielo.

Eppure, apparentemente, niente poteva incrinare la quiete perfetta del pomeriggio autunnale.

Niente.

I raggi del sole uscivano sbiechi, bucando la spumosa caligine che saliva dalle acque ferme, mentre i bambini, calmati dai giochi rumorosi e dalle ghiotte merendine, scelte e confrontate secondo i dettami della pubblicità, seguivano le evoluzioni acquatiche dei cigni.

La pigra pace dell'imbrunire, chiudeva in un bozzolo d'ovatta il Giardino del Lago, sulle rive umide, accanto al tempio di Esculapio, si radunavano con frastuono di becchi e di ali, oche, anatroccoli, papere, germani reali.

Gli alberi scarsi, serravano i rami intorno alla popolazione pennuta. Richiami rari e lontani, si perdevano insieme ai passi sulla ghiaia, costellata di foglie rugginose. Con passo lento, un anziano signore e il suo cane, facevano una passeggiata, il transistor in mano, ad alto volume: la voce dello speaker annunciava il bollettino del mare: *«Oggi, venerdì 9 ottobre 1990, si prevedono burrasche sul Mar Ligure ...»*.

Nella calma e nella dolcezza struggente dell'ora, che rifletteva la malinconia del giorno prossimo al commiato, una coppia di adolescenti si scambiava effusioni, ai piedi di una quercia.

Sdraiati sul rialzo erboso, i due ragazzi si attardavano in un bacio senza fine, quando a frantumare la cerchia del loro vulnerabile isolamento, entrò un pallone, scagliato dai piedi irrequieti di un emulo di mitici cannonieri, la faccia impiastricciata di briciole e Nutella.

Il giovane si sollevò: «Ehi, campione!» chiamò. Con un calcio deciso, rispedì la palla verso il bambino, che l'afferrò con le mani grassocce e corse via.

L'incanto era spezzato.

Il pomeriggio assunse un colore plumbeo, il battito scomposto delle ali, sembrò un segnale funesto dettato dal panico, il raduno delle anatre sulle sponde del lago incupito, una minaccia d'incombente pericolo.

La ragazza si tirò su, aderendo con il busto infagottato dal maglione di due misure più grandi, al tronco rugoso, guardandosi intorno con timore, annusando nell'aria non gli aromi pungenti, ma un presagio che le metteva nel cuore l'angoscia. Chinò gli umidi occhi color visone verso di lui, che appoggiava la testa sul morbido seno accogliente, fissandola con uno sguardo che era desiderio e preghiera e ordine, mentre con dolcezza, supplicava: «Francesca...» quasi temesse un rifiuto dalla bocca morbida

dischiusa, già pronta a ricambiare il bacio.

La ragazza curvò il capo e si protese, in un movimento che sciolse la lunga massa di capelli lisci e sottili, sulla spalla di lui.

Le loro labbra si sfioravano, quando un rumore sordo come un passo sulla neve, tagliò l'aria, arrivò dritto al segno, colpì alle spalle il giovane e raggelò in un gemito, il respiro d'amore.

Un'espressione di stupefatto orrore, di incredula impotenza, restò negli occhi improvvisamente fissi; sciogliendosi dall'abbraccio senza più vita, si abbandonò nel grembo di lei, che atterrita chiamava «Paolo! Paolo!» prima di scoppiare in un pianto disperato, mentre sul pantacollant a fiori, il sangue si torceva in oscuri tentacoli.

Nell'ombra di fumo e cenere, uno sconosciuto in tuta grigia e scarpe da jogging, si allontanava a passo svelto, quasi di corsa, mentre le grida della ragazza, facevano convergere verso la quercia, passanti curiosi e allarmati.

All'altezza del cancello che chiude il Giardino del Lago, durante le ore notturne, l'uomo, ormai lanciato, travolse e buttò a terra una giovane donna, che si apprestava ad attraversare lo spazio verde, per accorciare la distanza della strada di casa.

Lavinia cadde, trascinando con sé la bicicletta, tenuta sbadatamente per il manubrio e lanciò un vivace rimprovero diretto alla figura dagli incerti contorni, che si dileguava lungo il viale di Villa Borghese, senza nemmeno voltare la testa.

Seccata e risentita, lei rialzò la bici e affrettò il passo, attirata dall'insolito, animato gruppo di persone, radunato sotto la quercia. Nel procedere, captò i commenti concitati di quanti le passavano vicino e un sordo malessere la pervase.

Rallentò, fin quasi a fermarsi, poi decise di avvicinarsi, con cautela.

Lo spettacolo era impressionante: il giovane, riverso sull'erba chiazzata di sangue, aveva gli occhi rivolti ai rami dell'albero e le mani, abbandonate lungo i fianchi, sembravano implorare l'aiuto negato. Inginocchiata accanto a lui, la ragazza singhiozzava e tremava, pronunciando parole sconnesse, di cui Lavinia afferrava il suono, non il senso.

La flebile luce dei lampioni, proiettò ombre agitate intorno a loro: l'intervento dei carabinieri, la cui camionetta stazionava nei pressi di piazza di Siena e quello dei loro colleghi a cavallo, di pattuglia nella zona, provocò l'ondeggiamento e il successivo diradamento della folla. Lavinia stessa, giudicò prudente allontanarsi.

Stava per risalire in bicicletta, quando, con la punta della scarpa da tennis, inciampò nella resistenza di un rettangolo di plastica, piantato trasversalmente tra un sasso e la ramificazione di una radice, nella terra. Si chinò a raccogliere la cassetta, ruzzolata fuori dall'involucro e, senza riflettere, la infilò nella tasca del giubbotto.

Cominciò a pedalare, un po' a zigzag, dirigendosi verso la casina di Raffaello, dove il trenino che conduceva a spasso i bambini, per i viali del parco, aveva effettuato l'ultimo giro.

2

Il brusio sommesso, composto da voci educate, sulle quali vibrava a tratti, la vivacità di una risata, il gradevole profumo di cibi tanto più raffinati, quanto più lontani da ogni eccesso, nell'oblio nevrotico della densa prosa di sughi e soffritti, avvolgevano i commensali in una nube beata. Una volta superata la tettoia Liberty in ferro battuto del ristorante romano, la degustazione staccava gli ospiti, almeno per la durata del pasto, dagli avvenimenti vorticanti, al di là delle vetrate smerigliate.

Lavinia aderì con la schiena nuda, alla spalliera dorata, appoggiando le posate sul piatto, filettato d'oro: pur apprezzando l'atmosfera confortevole e il ricercato arredo d'epoca, forse era l'unica persona a non assaporare pienamente, pietanze squisite e cornice suggestiva.

Quella sera, non erano in sintonia, con il suo stato d'animo.

«Vuoi la frutta o il dolce?» chiese Federico, guardandola con intenzione.

«Ananas al naturale» sorrise la donna, tornando con i piedi per terra.

«Complimenti Lavinia, avrei giurato che ti saresti lasciata sedurre dalla *mousse* al cioccolato» provocò Stefano.

«È mia intenzione stupirvi» confermò lei, mentre anche Ornella chiedeva la frutta.

«Stefano, non per guastarti la cena parlando di lavoro, ma nel pomeriggio, tornando a casa, mi sono trovata a passare dove era stato appena compiuto un delitto». Respirò meglio, appena esposto il pensiero dell'episodio che la perseguitava da ore.

«È un'esperienza spiacevole» commentò cauto l'interpellato, frenando l'interesse professionale, dopo aver intercettato il seccato sollevarsi delle sopracciglia di Federico.

«Capisco che non è il momento più adatto, però… sei al corrente di quanto è accaduto al Giardino del Lago, verso le cinque di oggi?» continuò lei.

«Sono venuto via dalla Centrale intorno alle 18, per passare a prendere Ornella allo studio, non ho acceso la radio: cos'hai visto, esattamente?».

«Poco...». Lavinia esitò un attimo, evitando d'incrociare lo sguardo tutt'altro che entusiasta del suo compagno. Fissò invece il damasco color sangue di bue della parete di fronte e proseguì imperterrita nel racconto degli avvenimenti pomeridiani, concludendo: «Credo di essere stata travolta dall'assassino del ragazzo».

Nella pausa imbarazzata che seguì, mentre il fragrante passaggio del caffè accentuava l'attesa, Ornella intervenne autorevolmente: «Su quali elementi basi la tua affermazione? L'uomo in tuta poteva correre per tanti motivi, non ultimo quello di togliersi al più presto da una situazione spiacevole. In certi casi, è logico cercare di dileguarsi, per evitare di trovarsi coinvolti».

«Lavinia è speciale, non lo sapete? Ha una vocazione perversa, che le consente di trovarsi al momento giusto, nel posto sbagliato» avvertì Federico, sospirando con esagerato rammarico, in bilico tra compiacimento e autocommiserazione.

Stefano, che aveva seguito l'amica con attenzione, interrogò: «Tu attraversavi il giardino verso le 17?».

«Sì». Gli occhi nocciola della donna, brillarono di emozione.

«Abbiamo avuto una chiamata, intorno a quell'ora, dalla pattuglia di zona. Un omicidio, commesso da ignoti. La vittima, Paolo Elpidi di Ascoli Piceno. Unica testimone una minorenne, trovata accanto a lui. Sembra sia la sua ragazza, Francesca Gaster, se non ricordo male».

«L'ho vista, era sconvolta, agitatissima, pronunciava parole senza senso».

«Per esempio?» incalzò il funzionario di polizia: ormai il processo di deformazione professionale era innescato.

«Il sigillo… era una trappola! Dovevamo capirlo».

Stefano si gingillò con il cucchiaino da caffè e Ornella fissò Federico, piena di ironica comprensione.

«Te lo aspettavi, questo asso nella manica?».

«Non me lo aveva ancora detto» confermò l'uomo.

«Non me ne hai lasciato il tempo! Hai bloccato sul nascere, ogni mio tentativo di parlartene».

«…perché conosco la tua maledetta abitudine di cacciarti nei guai!».

«Mai da sola» sorrise la donna.

«Appunto» riconobbe lui, polemico.

«Lavinia potrebbe essermi utile nelle indagini» osservò Stefano, istantaneamente ripreso da Ornella.

«È pericoloso, che cosa ti viene in mente!».

«Oh, a me piacerebbe molto! Quella ragazza sembrava avesse un disperato bisogno di aiuto, appariva così fragile…».

«Il morto è lui» ricordò Federico, sardonico.

«Potrei davvero darti una mano? Non lavoro, in questo momento: il mercato antiquario è fermo, il mio abituale committente si è ritirato… per motivi familiari» concluse senza dilungarsi sul clamoroso caso giudiziario, da lei brillantemente risolto.

«Lavinia, no». Il tono di Federico era basso, ma fermo ed eloquente.

Come l'espressione degli occhi pervinca, che duellarono per pochi secondi con le pupille color delle noci.

La resa fu tempestiva e diplomatica.

«D'accordo, dicevo per dire, visto che sono disoccupata».

«Per questo ti permetti di girare nei parchi all'imbrunire?» chiese Ornella, offrendo lo spunto per un opportuno diversivo, subito raccolto dall'amica.

«Sto imparando a andare in bicicletta. Ho deciso di usare la macchina il meno possibile. Del resto, abitando in centro, è superflua e la salute ci guadagna».

Una volta avviato il discorso su un binario salottiero, la conversazione prese una piega disinvolta, tornando all'argomento centrale della serata: festeggiare il buon esito dell'esame di stato sostenuto da Ornella, che dopo il tirocinio, era diventata procuratore.

Mentre i quattro si salutavano, nella nebbiosa serata di ottobre, Stefano, stringendo Lavinia in un affettuoso abbraccio, le sussurrò all'orecchio: «Ti chiamo domattina».

Lei sorrise e si allontanò sui sottili tacchi delle scarpe eleganti, sottobraccio all'ignaro Federico, che la sostenne sui compatti e viscidi sampietrini, lucidati dall'alito umido sceso dal Pincio, lungo la scalinata di Trinità dei Monti.

3

Francesca si tirò su dal letto, con un sussulto e restò immobile.

Il fruscio si ripeté, più vicino.

La ragazza, agghiacciata dalla paura, era incapace di compiere il minimo gesto.

Artigliata alla spalliera trapunta, in un brivido di autentico terrore, lasciò che mille pensieri confusi, s'impadronissero della sua mente. Il brusco risveglio dal breve sonno artificiale, aumentava il panico, ma dalla scomoda posizione, raggiunse il pulsante della lampada sul comodino.

Uno scatto. La luce vellutata illuminò stanza e sensi.

Francesca non osò alzarsi subito. Gli occhi, appannati dal comando imperioso del sonnifero che le era stato somministrato, girarono cauti, alla ricerca dell'intruso.

Una folle farfalla notturna, dalle ali nere come pece, si precipitò sulla lampadina schermata, corteggiandola in un balletto di morte. Francesca districò a fatica i lunghi capelli sottili, attorcigliati tra spalla e ascella e spense la luce.

Di nuovo al buio.

E sola, con i suoi pensieri.

Un pensiero dominante.

Paolo.

Le mani eressero un argine, per impedire ai singhiozzi di infrangere la barriera del silenzio, interrotto dai pazzi giri della farfalla suicida, mentre ancora una volta rivedeva il ragazzo staccarsi, senza vita, dal loro ultimo abbraccio.

Desiderio di morire, per raggiungerlo.

Desiderio di confessare, per vendicarlo.

Desiderio di espiare, per punirsi.

Le lacrime trovavano strada tra le dita e scorrevano, annidandosi alla radice dei capelli, gelandole il cuore, prima di riversarsi nella tiepida conca del cuscino. La loro compagnia cullò la disperazione infinita, conducendola nella quiete del sogno.

«Francesca... così oggi è il tuo onomastico».

«No, lo festeggio insieme al mio compleanno, il 29 gennaio».

«Sarai a Losanna anche allora?».

«Forse a Roma, da mia nonna».

«Io mi fermo qui solo altri due giorni. Ci vediamo domani?».

«Non posso uscire dal collegio, fino a sabato».

«Sabato sarò a Vevey, per l'ultimo concerto della stagione autunnale. Davvero non riesci a liberarti? Ti offro una tazza di cioccolata scura simile i tuoi occhi, magari a Ouchy».

Lei sorride e scuote la testa, in un ondeggiare imbarazzato di capelli.

«Come faccio. Ho lezione fino alle cinque».

«Saltala! Chi se ne accorge?».

La ragazza è tentata: il giovane pianista è carino e la scuola svizzera tanto noiosa: non succede mai niente! Avrà qualcosa da raccontare alle amiche, al ritorno a casa, durante le vacanze di Natale.

«Ti aspetterò alla cattedrale, dalle tre alle quattro. La conosci? Verrai?».

«Forse!» risponde scappando via.

Si prepara per l'appuntamento festosa, con la complicità di Viviana, la compagna di stanza, che la coprirà durante l'assenza: la giustificherà dicendo che è a letto, raffreddata.

E sale veloce le scale di legno dell'antico passaggio coperto, che conduce alla piazza della cattedrale, alta sulla città. Arrivata di corsa, la fissa come se la vedesse per la prima volta. Di culto protestante, la costruzione gotica più importante di tutta la Svizzera, è conosciuta come il Tempio. Francesca non sa spiegarsi se il batticuore è dovuto all'incontro o al ritmo accelerato imposto ai passi, che volano sui gradini.

S'incontrano a metà strada, sospesi sul ballatoio dell'ultima rampa, entrambi senza fiato.

«Ti ho vista arrivare e ti ho raggiunta».

Si guardano, poi lei dice: «Conosci la città?».

«Poco».

«Sai che ogni notte nella Torre, il Guet, la storica vedetta, una volta lanciava l'allarme alla popolazione, in caso di pericolo?».

«Davvero?» sorride lui, prendendola per mano.

«Adesso si limita a controllare l'esattezza delle lancette» lo informa con orgoglio puerile.

«Fantastico!».

«Vieni, ti guido io. Andiamo a vedere l'orologio a place de la Palud, qui sotto. È divertente, mi piace molto».

«Perché?».

«Quando scoccano le ore, al suono di un enorme carillon murale, esce un girotondo di personaggi. Il corteo racconta la storia del Cantone di Vaud».

«Quante volte riusciremo a vederli?».

«Solo una, devo rientrare presto». Una nota di rimpianto già le incrina la voce.

«E la cioccolata calda?».

«C'è un bar. E una pasticceria, proprio davanti alla fontana».

Il sole è tiepido, le strade silenziose, la luce riflessa sullo specchio azzurro del lago, inonda anche la parte alta della città.

È il primo pomeriggio, rubato alla scuola.

Rubato.

Francesca riaprì gli occhi sul presente.

Si annunciava l'alba livida, dietro le imposte serrate.

La ragazza fissò la luce scialba e si girò su un fianco, rivivendo la meccanica del furto, che aveva innescato la tumultuosa spirale, nella quale si erano trovati coinvolti, loro malgrado.

Ma perché uccidere Paolo?

Oppure la domanda era: quando sarebbe toccato a lei?

Per il momento, era salva, ma non al sicuro.

L'umidità della mattina appena iniziata, strisciò nella stanza, serpeggiando dalla finestra aperta con cautela.

Nella stretta stradina privata, un gatto dormiva sopra al cofano di una macchina in sosta, sotto i lampioni ancora illuminati. Sporgendosi dal davanzale, la ragazza notò un'utilitaria grigia, con le luci di posizione accese, ferma all'incrocio con la via principale.

Non seppe spiegarsene la ragione perché la macchina le era del tutto sconosciuta, ma ebbe la certezza che fosse lì per lei.

Per spiarla.

E l'apprensione la paralizzò, come se avesse respirato spilli, ingoiati attraverso l'aria, a trafiggere la gola.

4

Il corpo nudo della donna luccica, per i rivoli di sudore che solcano la pelle; assumono colorazioni rossastre, al blando riflesso delle candele, disposte in semicerchio attorno a lei.
L'altare pulsa a ogni respiro, mentre il sangue della vittima immolata, sprizza sul grembo bianco, prima di venire raccolto in una coppa dorata, dagli oscuri geroglifici incisi sull'orlo.
L'officiante, incappucciato di nero, come gli altri affiliati, radunati in un reverente silenzio, solleva l'affilato stiletto, con il quale ha trapassato il cuore di una candida colomba, pronunciando le parole di rito:
«Che l'energia inestinguibile di cui *La Signora delle Perle* è depositaria, si irraggi sui componenti di questa assemblea. Riversi su di

loro illimitata influenza benefica; conceda il potere, fonte principale di ricchezza e dominio, sugli esseri umani. La forza inesauribile della persuasione, attraverso l'obbedienza fedele alle regole, che conosciamo e dichiariamo di accettare e rispettare, è il nostro credo. Nessuno tradirà o verrà meno al giuramento prestato in piena libertà e segretezza, pena la Morte. Siamo pronti a sottometterci alla volontà del suo ministro, senza chiedere nulla in cambio, che non rispetti l'interesse reciproco».

I piedi di uno degli adepti, strusciano l'uno contro l'altro: l'epilogo della cerimonia contiene una minaccia, spietata quanto l'esecuzione, riservata agli spergiuri.

La fiamma dei lunghi ceri, intorno all'altare vivente, ondeggia a ogni passaggio della coppa: gli iniziati sollevano uno a uno, un lembo del fosco panneggiamento, per bere un sorso di sangue ancora tiepido, offerto dalle mani dell'officiante.

I fianchi della donna, distesa su un sarong di satin scarlatto, fremono, avvertendo l'eccitazione che sale intorno a lei: alla fine del rito, la sua carne incorrotta, si congiungerà con uno dei partecipanti, scelto dal Gran Maestro.

Dono sontuoso, che segnerà il culmine della riunione propiziatoria.

Un lungo filo di perle circonda la vita dell'adolescente, chiamata a servire da tramite tra la divinità evocata e l'assemblea raccolta a celebrarne il mistero. Le sfere traslucide rotolano sulla pelle dorata, a ogni movimento del panfilo.

Il lento pulsare, tra il chiarore delle candele, richiama come una calamita gli sguardi che luccicano di lussuria, dalle fessure del cappuccio. Fermo davanti a un affiliato, l'officiante sussurra: «L'unico peccato che l'uomo non perdona ai suoi simili, è quello della carne: l'amore ci rende simili a Dio, il fallimento ci respinge alla nostra misera condizione di angeli scacciati dal Paradiso. Vai, è tua!» proclama con voce solenne.

L'uomo barcollando, esce dalla cerchia: le braccia esitanti si protendono, salgono lungo il niveo corpo adagiato per goderne, mentre il respiro dei convenuti si addensa con il fumo e si torce, nello spasimo che attanaglia il desiderio.

Fuori nell'algida notte, il rude fiato del mare assale la chiglia della *Signora delle Perle*, perpetuando nell'abbandono e nella fuga della schiuma dall'onda, l'eterna sfida per il possesso.

5

A quell'ora del mattino, il bar vicino al tribunale pullulava di gente. Lavinia e Stefano, trovarono a stento un tavolino libero, dove sedersi a far colazione.

«Che cosa vuoi?».

«Un caffè e un cornetto».

«Lo stesso per me» aggiunse sbrigativo l'uomo.

Il cameriere in gilè rosso e cravattino nero sghembo, l'aria sgualcita, nonostante fossero appena le dieci, si allontanò trascinando i piedi, mentre i due si disponevano ad affrontare l'argomento, motivo del loro incontro.

«Dopo due giorni, è ancora in prima pagina» notò la donna, accennando al quotidiano, poggiato sulla ventiquattrore dell'amico.

«La vicenda sembra talmente assurda e ingiustificata. Un crimine inutile, vista la personalità della vittima».

«Cosa sai del ragazzo?» s'informò lei.

Stefano eluse la domanda ed esordì in tono professionale, che ne testimoniava l'imbarazzo.

«Lavinia, con l'entrata in vigore del nuovo codice di procedura penale, c'è maggior lavoro per gli investigatori privati, per gli avvocati chiamati a raccogliere prove da addurre in giudizio, per una rete di collaboratori da mettere insieme o attivare. So che grazie alla tua intuizione, l'estate scorsa hai risolto un caso particolare… ».

«Federico non vuole che se ne parli: era implicato un suo collega, un antiquario».

«Con me ne ha discusso» assicurò il funzionario di polizia.

«A mia insaputa».

«Non è uno sprovveduto, temeva che ti esponessi e voleva dei consigli di carattere tecnico. Comprendo il suo punto di vista, perciò ho preferito vederti da sola. L'aiuto di una persona come te, potrebbe essere prezioso: non ti nascondo che, se risolvessi questo caso, avrei una promozione, ma in tutta onestà, non so quali vantaggi ne trarresti tu».

«Vantaggi?». Lavinia sbocconcellò il cornetto caldo che grondava miele, poi ammise a malincuore: «Solo seccature, probabilmente, ma ormai ci sono dentro».

Ad appoggiare la dichiarazione, tirò fuori dalla tasca della giacca, la cassetta trovata il pomeriggio del delitto, nel parco.

«Era ai piedi del poggetto dov'è stato ucciso quel ragazzo» spiegò, «dev'essere ruzzolata sull'erba, quando gli hanno sparato».

«Sei sicura che appartenga a lui?».

«L'ho sentita stamattina: contiene la registrazione di una sonata per piano di Mozart, *Eine Kleine Nachtmusik* ed è stata dedicata a Francesca».

«Lo farò esaminare dalla scientifica, può darsi trovino qualche impronta schedata».

«Tu cosa hai saputo?».

«Paolo Elpidi, ventiquattro anni, diplomato in pianoforte: faceva parte dell'Orchestra Giovanile Europea, viaggiava spesso, era in contatto con tanta gente. Chiunque lo ha conosciuto, ne ha parlato come di un professionista serio e preparato. Da un primo, sommario rapporto, non risulta nulla a suo carico».

«E la ragazza?».

«Anche lei, pulita. Studia in Svizzera, il padre è un industriale, poche amicizie selezionate. Mai avuto a che fare con la giustizia, nessuna amicizia equivoca, niente droga».

«In che modo posso aiutarti?». Gli occhi color zucchero caramellato di Lavinia, interrogavano Stefano.

«Ho bisogno di una persona insospettabile, per stabilire un contatto informale con Francesca. Se tu potessi avvicinarla, conquistandone la fiducia, sono sicuro che faremmo progressi. Non so però suggerirti il modo: pare sia ancora sotto choc».

«Dov'è adesso?».

«Abita con la nonna, Giovanna Gaster, in via Olona 88».

«Mai sentita».

«È nel quartiere Coppedè: una strada privata, dietro piazza Mincio».

«Ho capito. Andrò subito in perlustrazione».

«Lavinia, sei proprio decisa?».

«Basta che tu non lo dica a Federico».

«Ci puoi contare, mi toglierebbe il saluto» assicurò Stefano, pagando il conto.

Si salutarono con una solidale stretta di mano.

Lavinia nascose i capelli fiammeggianti sotto il berretto blu dell'impermeabile, mentre lui, afferrata la ventiquattrore, si avviava verso il lugubre palazzo della Pretura di piazzale Clodio, che la pioggia minuta velava, rendendo la costruzione meno offensiva agli sguardi dei passanti, rassegnati all'orrido.

La donna salì sulla Mini bianca, allungando una banconota all'indaffarato parcheggiatore e si districò nella solita congestione automobilistica.

"Che male c'è" ragionava intanto fra sé Lavinia, schizzando davanti al quasi rosso del semaforo, "se mentre aspetto di trovare un incarico interessante, mi dedico a un'indagine? In fondo, tra rimettere in sesto un'opera d'arte, rovinata dal tempo o guastata dall'incuria degli uomini e cercare di ricostruire una vicenda umana, per trovare cause, movente e magari il colpevole, non c'è tanta differenza".

Cercava un alibi, da offrire alle inoppugnabili contestazioni dialettiche del suo compagno. Non sarebbe stato facile, ribattere alla stringente logica di Federico.

Quale elemento avrebbe potuto invocare, per giustificarsi e convincerlo? La fatalità che aveva portato, ancora una volta, lei, restauratrice professionista, sulla scena di un delitto.

Ma la casualità, non era un argomento sufficiente da opporgli.

"Sarebbe impossibile agire a sua insaputa, soprattutto in un momento in cui la mia unica occupazione, è legata all'attività della galleria d'arte di Federico".

Inoltre, nasconderlo le ripugnava.

"Forse, farei meglio a mettermi da parte. Questa storia non mi riguarda" concluse il ragionamento, girando nervosa intorno alla fontana di piazza Mincio.

Il nastro della cassetta, venuta a cadere proprio ai suoi piedi, legava a filo doppio, i pensieri di Lavinia, alla vicenda di Francesca.

E in quell'istante, la vide.

Immobile davanti al motorino, la faccia seminascosta da un berrettone di lana fucsia e dalla sciarpa dello stesso colore, sembrava ipnotizzata.

Lavinia entrò decisa nella strada, incurante del senso unico e le passò vicina.

La ragazza allungò una mano e afferrò un rametto di orchidee, appoggiate sul manubrio.

Vacillò, al contatto dei fiori e sarebbe caduta, se fra lei e il vuoto, non si fosse frapposta l'auto di Lavinia, che ormai al suo fianco, la sfiorò, stringendola tanto da sostenerla.

Francesca si girò e la guardò con una tale disperazione nei febbrili occhi scuri, che alla donna le parole pronte a uscire, si rappresero sulle labbra, come le gocce in fuga sul parabrezza.

Lavinia proseguì ad andatura ridotta, controllandone le mosse nel retrovisore, non senza registrare meccanicamente, che un'utilitaria grigia, partiva di colpo, in direzione opposta, dando tutto gas.

6

Lavinia pronunciò rapidamente l'indirizzo, salendo sul taxi trovato al volo, sotto l'arcata di Porta Pinciana, prima di abbandonarsi con sollievo contro il sedile di finta pelle nera. Depositò pacchi e pacchetti accanto a sé, poi cominciò a ritoccarsi il trucco, compromesso dallo scirocco e dalla corsa fatta, per arrivare in tempo all'appuntamento con Federico, in galleria.
L'autista dell'auto pubblica, era una donna bruna, con i capelli a caschetto e le mani robuste, appesantite da una serie di anelli d'oro, che avrebbero resa orgogliosa un'immagine votiva, in quanto palese manifestazione di grazie ricevute.

Sorprendendo l'occhiata lanciata nello specchietto retrovisore, Lavinia chiuse il portacipria e si giustificò:

«Si cerca sempre di approfittare dei pochi attimi a disposizione!».

«Oh, davvero! La gente fa di tutto, come se noi fossimo pezzi di lamiera, che non vedono e non sentono!» ribatté l'altra, con indifferenza e senza traccia di ostilità.

«Per esempio?» chiese la passeggera, rilassandosi, più per offrirle il modo di sfogarsi che per curiosità.

«Tanto per cominciare, mangiano! L'altro giorno, ho portato una signora, elegante e profumata, da piazza San Silvestro a piazza Navona. Quand'è scesa, il mio taxi sembrava una rosticceria: cartaccia unta, briciole sui sedili, tovaglioli di carta...» sterzò bruscamente evitando per un soffio, un pony express che veniva giù a vela, da via Sistina. «C'è chi fuma, nonostante il cartello di divieto, chi legge il giornale, chi commenta le prodezze dei calciatori, da Vialli a Maradona, chi si cambia vestito».

«Addirittura!» sorrise Lavinia, divertita e, al tempo stesso ammirata, per la prontezza di riflessi dell'autista e la sua prevaricatrice abilità, nel passare sotto il muso di un elefantiaco pullman turistico, che espresse la protesta per il proprio indiscutibile diritto di precedenza violato, suonando rabbiosamente le trombe di un clacson da giudizio universale.

«Come no!» rispondeva intanto imperturbabile la donna, con una certa enfasi, «Capita, non spesso, ma succede».

«Se lo dice lei...» fu pronta a convenire la passeggera, convinta che fosse necessario assecondarla, per arrivare incolume.

«Non più tardi di due, forse tre giorni fa, ho preso a bordo un passeggero, dov'è salita lei oggi» precisò puntigliosa, sciorinando una litania mandata a memoria, per riempire le ore nevrotiche passate al volante, «Aveva una tuta grigia, l'ho notato quando si è avvicinato per darmi l'indirizzo, l'ho vista bene, anzi, ho visto solo quella».

Lavinia si era raddrizzata e ascoltava, con l'attenzione improvvisamente risvegliata: tempo e luogo, corrispondevano al delitto Elpidi. L'uomo che l'aveva buttata a terra, all'uscita del Giardino del Lago, si era diretto verso Porta Pinciana.

La ricerca di un indizio, sia pur minimo, fino ad allora si era persa in un dedalo di congetture e ipotesi, senza basi concrete. Possibile che quella fosse una labile traccia, da afferrare, per uscire dal vicolo cieco delle supposizioni?

L'autista giocò con un pedone più spaventato che indeciso, a passi tu, no, passo io, poi, con uno scatto da Formula Uno, lo aggirò costringendolo a scansarsi e a guadagnare il marciapiede, incolume. Il gesto furibondo, si dissolse tra i gas di scarico. Lavinia fremeva: «Allora, l'uomo in tuta grigia?».

«Be', salendo, non si è chinato verso lo sportello e si è seduto dal lato opposto allo specchietto. Al momento di scendere, mi ha allungato una banconota, senza aspettare il resto. Ma nel tragitto, la manica era diventata blu!».

«E la tuta?».

«Secondo me, se l'è sfilata di dosso: sotto, doveva essere già vestito. Alla partenza, in mano non aveva niente, di questo sono sicura».

«E quando è sceso?».

«Era buio, non ci ho fatto caso».

La passeggera si lambiccava il cervello per ottenere ulteriori particolari, che giustificassero, se non addirittura convalidassero il sospetto. Erano quasi arrivate a via Due Macelli, congestionata a quell'ora di punta; anche a passo d'uomo, non le restavano che pochi momenti, per approfittare di un'occasione troppo ghiotta, per lasciarla sfumare senza sfruttarla al massimo.

«Sarà stato almeno generoso!» tentò l'ultima carta.

«Come no! Per questo me lo ricordo» ammise la guidatrice, ho intascato un bel bigliettone da 100 mila lire».

«L'ha portato all'aeroporto…» tirò a indovinare.

«Macché, solo alla stazione Termini!» rise soddisfatta l'autista, mentre Lavinia sospirava delusa.

L'obelisco di piazza Mignanelli indicava il cielo plumbeo e pesante, ma anche la meta raggiunta.

La passeggera scese, raccogliendo i pacchi, dopo aver generosamente pagato la donna, che ripartì a razzo, per bloccarsi al posteggio cinquanta metri più in là, dove si mise in fila.

Federico l'aiutò a portare le scatole che contenevano i biglietti d'invito e le buste per la mostra in allestimento nella galleria d'arte e la precedette per aprirle la porta.

Colpita da un pensiero, Lavinia si girò e scolpì nella memoria il numero del taxi, impresso sulla portiera gialla: Borneo 2224.

Forse, davvero, era la prima traccia.

7

Federico la guardò, mentre faceva sistemare il quadro di Severini alla parete, in modo che prendesse la giusta luce; Lavinia sembrava concentrata nell'occupazione, ma lui sentiva che la mente era altrove.

Ammirò i gesti misurati e le spiegazioni competenti che forniva; non poté impedirsi di apprezzare l'armonia della figura femminile, valorizzata dal semplice completo nero. I capelli corti rossi, erano un colpo di vernice netto e stridente, tra le sfumature pastello delle pareti della galleria, e creavano un contrasto elettrizzante.

«Fermati un attimo Lavinia, o stasera ti sfilerai le scarpe senza ritegno, davanti all'ambasciatore».

«Ho l'impressione che non gli dispiacerebbe affatto!» rise lei, «Tu piuttosto, quando ti cambi?».

«È un pranzo informale, verrò così».

La donna si avvicinò, passandolo rapidamente in rassegna, dalla testa ai piedi, poi sfiorò la guancia ben rasata di Federico e sorrise, approvando: «Bella, la cravatta».

«Me l'ha regalata una signora» affermò compiaciuto.

«Infatti è perfetta» commentò in tono agrodolce la sua compagna.

Gli occhi di Federico riverberarono in un bagliore di azzurro, continuando a scrutarla: a sorpresa, le chiese con dolorosa tenerezza, usando il vezzeggiativo coniato per lei e le sue dorate lentiggini: «*Seme di Miele*, ti annoi?».

«Non potrei, anche volendo: manca meno di un mese alla mostra da allestire, c'è una quantità impressionante di cose da seguire» rispose colpita, ostentando indifferenza senza smettere di sistemare sul lungo tavolo il vaso pieno di gerbere, raddrizzando alcune corolle che tendevano a flettersi.

«Guardami, Lavinia» impose lui, con un risentimento appena mascherato nella voce.

«È un'indagine?» si lasciò sfuggire lei, fissandolo perplessa.

«Hai usato il termine più appropriato: da quando sei tornata da quella passeggiata al Giardino del Lago, sembri una pantera in gabbia. Sai a cosa alludo».

La precisione e l'esattezza dell'osservazione, non la stupirono. Eluse l'obiettivo, con leggerezza: «Che memoria!».

«Ho visto lampeggiare luci rosse».

Lavinia lo abbracciò, felice di non lasciarsi sfuggire la battuta: «In che senso?».

«Non in *quello*, purtroppo, anzi! Ti rintani nel tuo appartamento, cospiri al telefono con Stefano, leggi con morbosa attenzione la cronaca nera, la sera sei talmente stanca, da addormentarti al cinema» elencò lui allontanandola con garbo.

«Sto sperimentando un nuovo metodo, per ridare splendore alle lacche cinesi: è impegnativo». Era una bugia a metà, che non lo convinse.

«Attività marginale e di tutto riposo, non provare a ingannarmi».

«Non ci penso nemmeno» protestò la donna, con scherzosa compunzione.

Federico aspettò che un visitatore solitario si allontanasse verso l'uscita della galleria, poi riprese: «Hai visto Stefano?».

«Oggi ho incontrato Ornella, lui è fuori per servizio».

«E l'inchiesta come procede?».

Lei ebbe un moto di stizza: «Non va, ecco! Il caso è a un punto morto: nessun elemento nuovo, solo brandelli, pezzi di sughero che galleggiano, affiorano gonfi di promesse e si sbriciolano alle analisi più approfondite!» s'interruppe, ma ormai era tardi e incerta riprese, «A quale inchiesta ti riferisci?».

«Andiamo, *Miss Kilt*, come cospiratrice sei scarsa! Chiunque, standoti accanto, si sarebbe accorto che stai macchinando qualcosa: sotterfugi pretestuosi per uscire, commissioni improbabili, lunghi, meditabondi silenzi… Ti osservo da due settimane: lo so che fremi dalla voglia di dimostrare che non è stata una combinazione fortunata, a portarti sulla pista giusta, quando ti sei imbattuta in quel vecchio delitto, risolto nonostante l'inesperienza».

«Con il tuo aiuto».

«Appunto questo mi preme puntualizzare. Stavolta, voglio starmene decisamente a guardare. La mia attività richiede attenzione, anche dal punto di vista finanziario. Non posso permettermi distrazioni».

«Lo so Federico, e vorrei aiutarti».

«Lo fai già e lo faresti meglio, se rimanessi fuori dai guai» concluse l'uomo in modo categorico, «Ma ti conosco. Stefano è un professionista e un amico, Ornella un avvocato in gamba: se ci tieni tanto a lanciarti in questa impresa, hai validi appoggi».

La conclusione aveva una nota di amara stanchezza, che Lavinia non percepì, troppo sollevata che le avesse offerto spontaneamente l'opportunità di una spiegazione, più volte rimandata. Gli tornò vicino e appoggiò le mani sottili sui risvolti della giacca: «Può darsi che il mio aiuto si limiti a congetture, ipotesi e chiacchiere inconcludenti. Finora, non abbiamo combinato niente».

Federico si staccò da lei e si diresse verso il tavolo: prese l'agenda di cuoio antico e ne tirò fuori un biglietto da visita grigio pallido, che porse alla donna.

Lavinia lesse sorpresa il nome, sormontato da uno stemma gentilizio: *"Giovanna Gaster di Vanthal"*. Il suo sguardo tornò interrogativo a Federico.

«È la nonna di Francesca» spiegò lui impaziente, quasi brusco, «nota appassionata di ceramiche faentine. L'altro giorno, era alla vendita all'incanto della Finarte, per la collezione Gresi. Casualmente e del tutto involontariamente, le ero vicino e le sono stato presentato. Ha un arazzo rovinato dall'umidità, così le ho consigliato di farlo esaminare da un esperto. Le ho fatto il tuo nome, per un consiglio tecnico, senza impegno».

Lavinia lo fissava attonita, stringendo il biglietto.

«La contessa è mattiniera: puoi chiamarla tra le sette e le nove. Il numero di telefono è scritto dietro».

Si allontanò, come se la faccenda non lo riguardasse e andò a spegnere le luci delle vetrine. Lei lo seguì, sempre tenendo il fine cartoncino in mano e Federico se la ritrovò davanti, a sbarrargli il passo.

«Cosa aspettavi a dirmelo?».

«Che fossi tu, a farlo per prima. È assurdo nascondersi dietro un dito, non ti pare?».

Lavinia si sentì sciocca e codarda.

«Se stasera avessi negato» proseguì calmo l'uomo, raccogliendo le chiavi del negozio, quelle della macchina, inserendo l'allarme e la segreteria telefonica, «l'avrei strappato».

La donna approvò mentalmente, senza trovare una risposta appropriata.

Niente, nemmeno una battuta disinvolta o spiritosa.

Solo una domanda.

«Perché mi aiuti, se non mi approvi?».

L'uomo aprì la vetrata, per cederle il passo, poi azionò la serranda elettrica. Un'espressione irridente affiorò nello sguardo pervinca:

«Non ti aiuto affatto: non tentare di strumentalizzare un gesto di correttezza ai tuoi fini, *Miss Kilt*!».

«In fondo, anche tu sei attratto dal mistero!» insinuò carezzevole la donna.

«Ma non subisco il fascino dell'abisso, come te» rimbeccò prontamente lui.

«Sei sconcertato da questo mio lato, sconosciuto?».

«Lo definirei inquietante. A te non va di essere tenuta per mano, vero?».

Lavinia scosse risoluta la testa, per asserire, benché non fosse quella, l'unica ragione:

«Ho divorziato da mio marito perché mi trattava come una delle sue studentesse».

«Lo so che sai camminare da sola».

«Purché le nostre strade convergano!» aggiunse lei, con impeto.

«Sai, come bugiarda sei scarsa, e questo mi piace» completò Federico.

Lavinia lo prese sottobraccio: le lunghe ciglia curvate dal mascara lo imprigionarono in un abbraccio, che non avrebbe potuto essere più tenero.

8

Tra la pioggia sottile come aghi di pino e come loro pungente, il treno correva sulle rotaie, attraverso la campagna intorpidita dal sonno e dal freddo notturno. Dagli scompartimenti dei vagoni-letto, filtrava qualche debole lama di luce e sfilacciate strisce di fumo: segnali di veglia protratta dei viaggiatori. Un colpo di tosse, immobilizzò per un attimo l'uomo in tuta grigia, che percorreva silenzioso il corridoio deserto, poggiando le scarpe da jogging sulla moquette marrone. La luce di servizio bluastra, illuminava distintamente i contorni dell'alta e sottile figura maschile che avanzava spedita, alla ricerca di una cabina: quella contrassegnata dal numero 021.

Quando l'ebbe individuata, lo sconosciuto si fermò: era quasi al termine del vagone, nel lato opposto alla carrozza riservata, dove il controllore era immerso in un vigile dormiveglia. Dalla tasca, estrasse una bomboletta spray e ne svuotò con precauzione, il contenuto, attraverso gli interstizi della porta, sorvegliando le due estremità del corridoio. Compiuta l'operazione, durata pochi, lunghissimi istanti, si avviò tranquillo verso la vicina toilette e si chiuse dentro.

Il convoglio rallentò all'entrata di un piccolo paese di frontiera, senza fermarsi: le poche luci della stazione di Iselle, tagliavano l'oscurità delle carrozze, nelle quali i passeggeri riposavano, in quelle prime ore del mattino, che ancora appartenevano al dominio della notte.

L'uomo dalla tuta grigia controllò le lancette fosforescenti del suo orologio da polso, per calcolare se il sonnifero diffuso nella cabina, avesse avuto il tempo sufficiente di agire, poi, con estrema calma, uscì di nuovo nel corridoio.

Davanti alla porta 021, si fermò e con destrezza, fece scattare la sicura, con un piccolo arnese, estratto dalla tasca posteriore.

Sul lettino, preparato per la notte, era disteso un ragazzo di corporatura minuta: indossava un paio di jeans e un maglione. Si era buttato sopra la coperta rossa, senza spogliarsi, sfilando solo le scarpe, un paio di vecchie Timberland, appoggiate vicino al lavabo, accanto a una sacca da viaggio di tela blu, dalla quale sporgeva uno spartito musicale, con note scritte a mano, a matita.

Il giovane era stato raggiunto dall'effetto del narcotico nebulizzato nell'aria, mentre leggeva un libro: gli occhiali cerchiati di tartaruga scura, erano scivolati sul naso e le mani avevano abbandonato il volume sul petto.

L'uomo con la tuta grigia si avvicinò al finestrino, tirò su la tenda, che salì con uno strappo secco, poi lo spalancò. L'aria della notte, entrò intimorita e smosse le pagine dello spartito, traendone un rauco bisbiglio.

Lo sconosciuto mise la testa fuori, per controllare l'esterno: il paesaggio era invisibile, ma si sentiva un odore forte di terra bagnata, di muschio e conifere.

L'uomo diede un'occhiata al giovane inerme, che giaceva immobile e composto; la luce della lampadina alla quale si era avvicinato per leggere, illuminava i soffici capelli chiari e riverberava sulle lenti.

Senza nessuno sforzo apparente, lo sconosciuto sollevò il corpo smilzo e lo fece passare attraverso il finestrino spalancato: si sporse e con un lancio deciso, lo scaraventò dentro al buio, come se fosse un pacco inutile.

Frugò con cura minuziosa tra il bagaglio del ragazzo, senza trovare nulla d'interessante, poi riaprì cautamente la porta e si allontanò sulle suole silenziose, scivolando sulla moquette marrone lungo il corridoio, passando davanti all'assopito controllore.

Tra la pioggia sottile come aghi di pino e come loro pungente, il direttissimo Berna-Roma, continuò la corsa verso il Sempione, lasciando nella sua scia di tenebra, un silenzio di morte.

9

«La cucina è come ogni arte: richiede pazienza e applicazione» assicurò la contessa Giovanna, inzuppando i savoiardi nel caffè.

«Non è la pazienza a mancarmi, è il tempo» si giustificò Lavinia, amalgamando diligente i tuorli d'uovo allo zucchero, con l'incerta precauzione di chi si trova a compiere un esperimento fuori dell'usuale.

«Storie» ribatté convinta l'anziana signora, adagiando con delicatezza i biscotti, in un recipiente di cristallo, lungo e stretto, «Si tratta di un dolce da preparare in mezz'ora, squisito e di sicuro effetto».

«Indubbiamente» ammise Lavinia, compunta, trattenendo un sorriso e unendo le chiare montate a neve, al mascarpone, nella terrina delle uova, «Il fatto indiscutibile è che contiene troppe calorie».

«È un argomento valido, non posso darle torto» conviene la gentildonna, coprendo i savoiardi con il composto, preparato dalla sua ospite, sul quale spolverò abilmente la polvere di cacao amaro, «Questo però, non deve impedirle di sapere come si prepara un *tiramisù*!».

Allineò velocemente uno strato sull'altro, fino a esaurire tutti gli ingredienti, poi si diresse verso il frigorifero, che Lavinia le aprì. Sistemò il contenitore su un piano del congelatore e chiuse lo sportello, con aria soddisfatta.

«Adesso andiamo pure a vedere l'arazzo: tra un'oretta ci faremo portare una tazza di tè e lo assaggeremo. A mia nipote piace moltissimo» concluse, uscendo con passo fermo seguita con inesprimibile sollievo, da una disorientata Lavinia.

Francesca, in piedi dietro alla porta che dalla cucina conduceva alle stanze di servizio, si ritirò senza far rumore, raggiungendo di nuovo la sua camera. Diede un giro di chiave e si diresse verso un antico *secretaire* vicino alla finestra, tirò giù la ribaltina e aprì uno dei quattro cassettini: sul fondo, c'era un bauletto di pelle scamosciata blu, con borchie dorate agli angoli e un minuscolo lucchetto.

Lo strinse a sé con mani nervose e fece scattare la piccola serratura, con la chiave che teneva al collo, appesa alla catenina d'oro, insieme ad alcuni ninnoli portafortuna.

Sul raso bianco trapuntato, era ordinato un mucchietto di foglietti, cartoncini colorati, biglietti e il ritaglio del quotidiano di due giorni prima, piegato minuziosamente.

Seduta sul morbido tappeto, Francesca stirò il giornale sulle gambe coperte dai jeans di velluto rosso e rilesse, per la centesima volta, la notizia che ormai sapeva a memoria. Marcello Amerighi, il più caro amico di Paolo, il compagno timido e sognatore, sempre disponibile a coprire sotterfugi e bugie, a studiare insieme stratagemmi, architettati per consentire a loro due d'incontrarsi, era morto.

"CIRCOSTANZE MISTERIOSE E INSPIEGABILI" titolava la stampa che aveva dato risalto alla notizia, diffondendo un ritratto abbastanza realistico, del giovane musicista, diplomato al Conservatorio Martini di Bologna, per il quale si pronosticava un brillante avvenire. Nessuno aveva pensato ancora di mettere in relazione le due storie.

Eppure, erano simmetriche.
"SUICIDIO?".
Francesca scosse la testa, disperata.
Marcello era un tipo riflessivo, poco espansivo ma vitale, con la testa piena di progetti ambiziosi.

«Vuole comporre una sinfonia» le confida con ammirazione Paolo.

«Ce ne sono già tante» risponde lei, con noncuranza, seduta pigramente sui gradini tiepidi di Piazza di Spagna, le spalle appoggiate alle ginocchia del ragazzo.

«Non ti piace la musica?» chiede lui, con una sfumatura di preoccupazione.

«Ma sì! Però preferisco Madonna, Phil Collins, Laurie Anderson, gli Spandau» enumera sulle dita Francesca.

«E i classici?».

«Non li capisco».

«Cosa t'insegnano in quel tuo collegio svizzero?».

«Niente» assicura la ragazza, con angelica convinzione.

«Allora perché lo frequenti?».

*Francesca si stringe nelle spalle, un po'
annoiata: «I miei ci tengono, soprattutto la
mamma: anche lei c'è stata».*

*«Però sei proprio ignorante» continua il
ragazzo, per punzecchiarla.*

«Lo so».

«E non te ne importa?».

«Avrò tempo d'imparare» assicura Francesca.

*«A me sembra di non averne mai abbastanza»
osserva Paolo, chinandosi a baciare la fronte
liscia della ragazza, per poi ritrovare, con un
brivido, la sua bocca che ha il sapore dei
lamponi.*

*Il destino gli avrebbe concesso appena un'altra
breve stagione: dalla primavera a quell'inizio
d'autunno, portandosi via i sogni del
ventiquattrenne.*

Francesca si strinse la faccia tra le mani,
angosciata, senza più lacrime: doveva parlare,
spiegare com'era andata la faccenda, che lui non
aveva nessuna colpa, tanto meno Marcello.

Era lei, la vera colpevole.

Ma ormai, non era tutto inutile? Tra poco,
sarebbero arrivati alla conclusione logica,
l'avrebbero individuata.

Uccisa.

Un bussare discreto, la fece sussultare: «Avanti».

Lavinia le sorrise accattivante, dalla soglia.

«Tua nonna dice che è l'ora della merenda».

«Non ho fame».

«Le daresti un grosso dispiacere: ha preparato un dolce per te» tentò di scuoterla la donna, muovendo qualche passo verso di lei.

La ragazza si tirò su, con evidente malumore.

«Va bene, grazie signora» rispose con forzata educazione.

Il leggero ritaglio di giornale planò ai piedi di Lavinia, che istintivamente si chinò a raccoglierlo: non le sfuggì il titolo.

Francesca glielo tolse dalle mani con precipitazione, poi avvertì affannata: «Vi raggiungo subito».

Lavinia uscì senza insistere: il nome e la faccia di Marcello Amerighi, erano stati sui quotidiani, appena pochi giorni prima e l'accostamento con il delitto Elpidi, appariva plausibile, benché nessun elemento potesse, al momento, confermare il sospetto. L'ostinato mutismo della ragazza, poteva essere considerato più eloquente di qualunque ipotesi.

Le sembrò una traccia da seguire.

10

Lavinia gettò un primo pezzo di pane raffermo, nelle acque immobili del laghetto, provocando una piccola tempesta: tutta la popolazione pennuta, gabbiani compresi, cominciò a convergere verso i cerchi concentrici, formati dal boccone. Il baccano, indistinto, strida rauche di richiamo per avvertire i più lontani e garantire loro l'accesso al pasto, coinvolse in pochi istanti anche i pochi ragazzini che giocavano intorno alla riva. Accorsero lungo lo steccato per ammirare le oche, le papere, i cigni disputarsi il cibo che Lavinia continuò a lanciare, finché la grande busta di carta del supermercato ai suoi piedi, non fu completamente svuotata.

Il guardiano, che durante la stagione calda affittava le barchette per il giro del lago, controllava soddisfatto la scena, sigaretta spenta all'angolo della bocca, mani in tasca, gambe divaricate. Punto d'osservazione, il piccolo spiazzo che degradava verso l'acqua. Sopra il capanno di legno, utilizzato come rimessaggio, dondolava al freddo vento novembrino, un rustico cartello, sul quale si leggeva una scritta, vergata in lettere incerte: *"Si accetta pane secco per le papere. Grazie. Pompeo"*.

Riprendendo il manubrio della bicicletta, Lavinia volse la faccia verso di lui e commentò: «Sono sempre affamate».

«D'inverno capita» confermò l'uomo, «vengono meno persone, le mamme accompagnano i bambini a scuola e poi alle lezioni, i ragazzini non pensano agli animali».

«Eppure, i giovani sono molto sensibili ai problemi dell'ambiente» notò lei, spargendo in terra le briciole rimaste, per i passerotti timidi che pigolavano a distanza.

«Dipende» ribatté Pompeo, alzando le spalle e spostando all'altro angolo della bocca, la sigaretta spenta, «Arrivano, guardano, scattano qualche foto e finisce lì. Tranne eccezioni, si capisce».

«È quello che pensavo» convenne la donna, guardandosi intorno, aspettando di veder spuntare Federico.

Scorse invece, sul lato opposto, Francesca, che fissava con aria cupa le acque.

Lavinia chiese a Pompeo: «Ha mai visto da queste parti la ragazza vestita di rosso, con il berretto bianco, laggiù?».

L'uomo guardò nella direzione da lei indicata con un cenno della testa e strinse gli occhi chiari, sotto le sopracciglia biondastre; si passò una mano, con le unghie annerite dai lavori della terra, sulla guancia mal rasata, poi fece un mezzo sorriso, scomponendo i rozzi lineamenti in una curiosa smorfia, che scacciò l'espressione scostante. «Sicuro, è Francesca».

Lavinia lo fissò con uno sguardo indagatore e chiese: «Viene spesso?».

«Ora non tanto; l'hanno mandata a studiare in Svizzera. Arrivava con qualche compagna di scuola, quando frequentava il liceo vicino, lo Chateaubriand. Nelle belle giornate di primavera, davano appuntamento ai loro ragazzi; affittavano le barche, facevano merenda e tutto il resto» l'uomo si grattò la testa, sotto il berretto di lana grezza. Era evidente che all'evocazione serena e innocente, si inseriva una considerazione stridente e l'intervistatrice incalzò: «Era qui anche lei, quando hanno ucciso Paolo?».

«No, io il pomeriggio d'inverno non ci sono mai. Però lo conoscevo. Che giovane simpatico! Aveva sempre voglia di scherzare. E voleva bene alle mie oche. Ne portarono una, mesi fa: per riconoscerla, Francesca le aveva passato sulle piume della coda il suo smalto rosso! Ma le oche cambiano le penne, crescendo!" sorrideva indulgente all'ingenuità della ragazza.

«Dove l'avevano trovata?» si meravigliò Lavinia.

«Paolo l'aveva comprata per Francesca, a Porta Portese, piccola di pochi giorni, poi era cresciuta, non potevano tenerla in un appartamento, loro hanno bisogno di compagnia e spazio, sa? Perciò l'hanno portata da me. Si chiama Chicca».

«È curioso».

«Non c'è niente di strano. Succede di innamorarsi di un animale: quando si capisce che è inadatto a vivere tra quattro mura, è meglio affidarlo a chi ne avrà cura, invece di abbandonarlo». E Pompeo, sull'ultima affermazione perentoria, si avvicinò al bordo dell'acqua, per rimettere in piedi una grossa pietra, rotolata oltre il ciglio.

Lavinia guardò di nuovo in direzione di Francesca: la ragazza, durante lo scambio di battute tra i due, si era spostata e lei l'aveva persa di vista.

Perplessa, la donna lasciò che la mente elaborasse le informazioni, seguendo le evoluzioni di una coppia di cigni: minuti passati in ozio apparente.

Federico, arrivato a pochi passi da lei, si fermò a osservarla, colpito dall'aria serena. Da quando si era tagliata i capelli, all'inizio dell'autunno, era meno *femme fatale*: aveva l'aspetto di una studentessa in vacanza, nonostante i trentaquattro anni. Forse, il periodo di riposo forzato dal lavoro, le giovava.

Se avesse potuto, se non fosse stato condizionato da un collaudato e necessario autocontrollo, l'avrebbe presa tra le braccia, per portarla al riparo dell'ombra complice di un albero, deciso a vincere qualunque resistenza, pur di ottenere il consenso all'abbandono.

Comprò invece un palloncino argenteo a forma di cuore, da un venditore sconsolato ed ebbe il tempo di legarlo al manubrio della bicicletta, prima che Lavinia realizzasse e si rendesse conto della sua presenza.

Lo baciò sulla guancia e gli si strinse addosso, con il movimento di una gatta freddolosa, sorridendogli con tutto il corpo, fino a comunicargli un calore che confortò entrambi.

«Chi tenevi d'occhio, *Seme di miele*?» chiese sospettoso Federico, tornando alla realtà.

«Francesca… era dall'altra parte della riva».

«La ragazza vestita di rosso?».

«L'hai riconosciuta?».

«A dire la verità, l'ho notata perché stava cercando di agguantare una delle papere e mi sembrava un'operazione pericolosa».

«Avrà riconosciuto la sua».

«Ne possiede una personale?» s'informò l'uomo sarcastico.

«Così pare. L'hanno portata qui, lei e Paolo, forse voleva riprenderla».

«Non sembrava quella, l'intenzione. Mi sono avvicinato per dirle di fare attenzione e ha sostenuto di aver perso una lente a contatto».

«Allora cercava qualcosa».

«Esatto, *Miss Kilt*. Giurerei che non si trattava della lente: non frugava nell'erba, era piuttosto attratta dall'acqua».

«E…».

«E niente!» tagliò corto Federico, «Hai il naso rosso, le mani viola, fa freddo, andiamo via, ne discuterai con Stefano».

«Lo chiamo stasera» assicurò la donna, staccando il palloncino dal manubrio.

«Ho il telefono fuori uso» decise lui.

«Da quando?».

«Da questo esatto momento». Gli occhi azzurri imperterriti, sfidarono la sua reazione.

Lavinia rise divertita, regalò il cuoricino d'argento a una bambina con due treccine color fuliggine che immobile vicino a loro, lo fissava incantata.

La coppia si lasciò alle spalle il laghetto, mentre una pennellata di porpora, schiariva il plumbeo tramonto.

Chicca, la grassa papera bianca, nuotò spensierata e gaia, verso il suo gruppo, che cercava riparo, al calar della notte, sotto il ponticello del tempietto, dedicato da due secoli, a Esculapio. Sotto le bianche colonne, ai piedi dell'altare, non si erano mai consumati sacrifici.

11

«Non ricordo» la voce di Francesca era afona, come se avesse reso una lunga e dettagliata deposizione.

Invece, non aveva fatto altro che ripetere, da più di un quarto d'ora, quelle due parole di negazione.

A ogni diniego, sembrava diventare maggiormente spaventata, incerta: era sull'orlo di una crisi di pianto.

O stavano per saltarle i nervi.

Stefano poggiò il righello blu, con il quale aveva giocherellato, durante l'interrogatorio, sul tavolo ricoperto da un piano di cristallo, verde bottiglia: benché avesse compiuto il gesto senza tradire alcuna impazienza, pure la ragazza, seduta davanti alla scrivania, sussultò.

Troppo tesa, per dar credito alla versione del vuoto di memoria, rilevò lui.

«Ha mai sofferto di amnesia, prima degli ultimi avvenimenti presi in esame?» il tono era gentile e conciliante.

Lei scosse la testa, socchiudendo gli occhi al riverbero di sole, riflesso dai vetri; Stefano si alzò per abbassare le veneziane, difendendo la stanza dai pallidi raggi.

Francesca seguiva allarmata ogni movimento, chiedendosi quanto sarebbe ancora durata quella tortura: avrebbe resistito o sarebbe crollata?

«Questi vuoti si limitano solo a ciò che concerne i rapporti con Paolo Elpidi?».

«In pratica sì».

«Ha riconosciuto almeno in Marcello Amerighi, un intimo amico?».

«Non saprei…».

«Noi ne siamo sicuri» asserì il funzionario di polizia tornando a sedersi, stavolta nella poltroncina davanti a quella occupata dalla ragazza.

Prendendo un fascicolo lesse, sfogliando l'esiguo incartamento: «Sappiamo che ha compiuto gli studi di composizione al Conservatorio Martini di Bologna; si è diplomato con il massimo dei voti, ha frequentato un corso di perfezionamento a Perugia, ha suonato il clavicembalo in varie formazioni di buon livello e ha conosciuto Paolo Elpidi, suo coetaneo, cinque anni fa, durante la stagione estiva all'Arena di Verona, dove lui faceva parte dell'Orchestra Giovanile Italiana. Tutto questo l'aiuta a ricordare?».

«Non mi dice assolutamente niente».

La pervicace resistenza, non lo scoraggiò. Capiva che era terrorizzata.

«Francesca, Marcello Amerighi, non si è ucciso. Come si definisce, con gergo orribile, ma efficace, è stato suicidato».

La ragazza si lasciò sfuggire un piccolo grido soffocato e Stefano si sporse verso di lei. «Risulta dall'autopsia, che è stato prima narcotizzato, poi gettato dal finestrino del treno in corsa. Perché? Stava tornando in Italia, forse per testimoniare» incalzò il funzionario, «Cosa sapeva, cosa avrebbe potuto dire, sul delitto Elpidi? Non capisce che anche lei corre un serio pericolo, se si ostina a tacere?».

«Io… non so niente» le pupille spalancate, trattenevano a mala pena il pianto.

Stefano si tirò indietro, deluso, ma non vinto.

Quella ragazza gli piaceva, non avrebbe permesso a nessuno di torcerle uno solo di quei capelli stupendi, che le avvolgevano le spalle, scendendo lunghi e lisci, fin quasi alla vita.

Fantastica…

«Si è accorta di essere pedinata?».

Francesca trattenne il fiato: «È certo mio padre, per paura di rapimenti».

«Abbiamo controllato: il dottor Gaster non ne è al corrente».

La ragazza sentì battere il cuore in modo così violento, che vi portò sopra le mani. Le unghie rosicchiate intenerirono Stefano, che domandò: «Quanti anni ha?».

«A gennaio sarò maggiorenne» proclamò con fierezza.

Diciotto anni. Lui si sentì protettivo, dall'alto dei suoi trentadue, ma tutt'altro che paterno. Con grande delicatezza proseguì: «In famiglia non vedevano di buon occhio la storia con Paolo Elpidi. Perché?».

«Per loro, sono sempre una ragazzina» rispose con una smorfia di dispetto provocando il sorriso indulgente di Stefano, unito a una frase di scusa, mentre si alzava per rispondere allo squillo del telefono.

«Appena sarai maggiorenne, ci sposeremo».
Paolo glielo dice stringendola ancora una volta tra le braccia, baciandole una spalla nuda.
Francesca lo guarda attraverso una ciocca di capelli e ribatte: «Chi ti dice che voglia sposarti?».
«Preferisci che continuiamo a vederci di nascosto, a fare l'amore dove capita, cercando la complicità di Marcello o di Viviana, sempre di corsa, fra un treno e un aereo?».
«È divertente».
«È scomodo».
«Allora è solo per comodità che mi sposi!».
«Non ti sembra una buona ragione?» ride lui, tirando giù il lenzuolo, per ammirare il bel corpo abbronzato.
«Fermo!» protesta Francesca, tirando il cuscino e cercando di coprirsi.
Ma la battaglia è impari e lei non ha voglia di combatterla.
Le mani scendono a stringere i fianchi di Paolo mentre fuori, sul campo da tennis della villa, Viviana e Shahin disputano una partita di tutt'altro genere.

Francesca si riscosse, sentendo lo sguardo penetrante di Stefano, percorrerle il viso. Arrossì, indispettita dall'esame indiscreto, come se lui avesse potuto leggere nei suoi ricordi e si alzò in piedi di scatto.

«Posso andare?».

«La faccio accompagnare a casa da una volante».

«No, per favore, a mia nonna non piacerebbe vedermi tornare su una macchina della polizia, si allarmerebbe».

Lui non insistette, anche se avrebbe avuto voglia di trattenerla, di continuare a studiarla, di capire cosa nascondeva lo spavento autentico, qual era il segreto che si accaniva a difendere da ogni intrusione.

A rischio della vita.

Le aprì la porta sconfitto, respirò per un attimo il suo profumo delicato e si fece da parte, per lasciarla passare.

«Francesca...».

Si voltò appena, di nuovo sulla difensiva.

«Sia prudente».

La ragazza annuì timidamente, prima di sgusciare fuori con una tale espressione di sollievo, che l'uomo si sentì ferito e ne provò una sorta di risentito dolore.

Scontento, restò a guardarla finché non scomparve nel corridoio, illuminato a intermittenza dal sole del mattino: l'alta figura femminile ne era inseguita. Le lunghe gambe provocanti, ricoperte da calze scozzesi, esibite dalla minigonna, la portarono presto fuori dalla vista, verso una rassicurante zona d'ombra.

Rientrò nell'ufficio, mentre il telefono squillava.

«Dottor Marchi, la signora Luni sulla due».

«Ciao Lavinia».

«Ci sono novità?».

«Ho appena interrogato Francesca».

«Cos'hai saputo?».

«Sostiene di non ricordare nulla, ma sono sicuro che mente».

«La nonna assicura che è ancora traumatizzata: Paolo era il suo primo amore, si amavano moltissimo».

Contrariato, Stefano aggrottò le sopracciglia, rispondendo impaziente: «Lavinia, Francesca sa bene perché è stato ucciso; non vuole confessarlo per paura, o per timore di compromettere qualcuno. Cerca di entrare in confidenza con lei, di farla parlare. È per la sua incolumità».

«È difficile: è chiusa in sé stessa come un riccio. Chissà se…».

«Dimmi» incalzò l'uomo, ansioso di superare quella barriera.

«Pensavo che se le portassi la cassetta che ho trovato quel pomeriggio al parco, forse riuscirei a conquistarne la fiducia».

«Sì, potrebbe funzionare. Però, anche se è inutile ai fini delle indagini, l'abbiamo repertata, non potrebbe uscire».

«Solo il tempo necessario: se la riconoscesse magari le farebbe tornare in mente qualcosa d'importante».

«Te la farò recapitare a casa» decise il funzionario.

«D'accordo».

Si salutarono e Stefano mise giù il ricevitore, guardando la poltrona dov'era seduta Francesca: un riccio con gli aculei sguainati come spade.

Doveva riuscire a strapparle ogni spina, per riportarla nel mondo dei vivi, anche a costo di pungersi a sangue.

12

Lavinia staccò la presa e rimise il phon nella custodia. Dopo un'ultima occhiata allo specchio sopra il lavabo, uscì dalla stanza da bagno e si diresse in cucina; cominciò a spremere un pompelmo, quando suonò il citofono.

«Fattorino!» gracchiò una voce nel ricevitore.

«Quarto piano» avvertì lei, preparando la mancia, con la quale avrebbe addolcito il superamento dei centodieci gradini, che conducevano al suo appartamento, sopra i tetti antichi di Roma.

Uscita nel largo pianerottolo, illuminato da un sole allegro e sfacciato, Lavinia approfittò dell'attesa, per innaffiare i due vasi di potos rigogliosi e la felce, immalinconita dall'eccessiva esposizione.

I passi strascinati sulle scale, le fecero voltare la testa: un ragazzetto biondo e pingue, senza più fiato per far scoppiare la gomma da masticare, che passava da una mascella all'altra, le indirizzò un comico saluto. La donna rise, estraendo la banconota dalla tasca dei jeans e prese la busta imbottita che lui le allungava. Firmò la ricevuta e salutò, chiudendosi alle spalle la porta di casa.

Attraversò la piccola anticamera, entrò nel vasto soggiorno: dalla profondità di un mobile basso, vicino agli scaffali della libreria, estrasse un piccolo registratore. Era un portatile giapponese, regalo del padre, diplomatico ora in pensione; aveva perlomeno una decina d'anni, ma non aveva mai avuto il coraggio di sostituirlo. Lo spolverò con cura ed inserì la cassetta inviata da Stefano.

«Accidenti, non funziona!» esclamò seccata, ricordando che aveva sentito il nastro da Federico, con il sofisticato e perfetto impianto hi-fi, rispetto al quale il suo apparecchio era un pezzo da museo.

Si allungò verso il telefono e compose il numero della galleria.

«Pronto».

Non era la voce dei giorni migliori e Lavinia si pentì immediatamente di averlo disturbato.

«Ciao, hai gente?».

«I soliti sfaccendati che entrano per curiosare» rispose l'uomo con tono annoiato.

«In banca hai sistemato tutto?».

«Non ancora: il traveller cheque di quel brasiliano, era falso come il nome che mi ha dato».

«Maledizione!».

«In compenso, la Finanza ha recuperato il quadro».

«Meno male!».

«… solo che la ricevuta fiscale è stata registrata in ritardo, grazie alla mia commercialista distratta» concluse cupo Federico.

«Sono guai, vero?».

«Stanno rovistando nei libri contabili: qualcosa si trova sempre, secondo lei, perciò, meglio essere preparati. Ti va di fare colazione con me?».

«Certo» si affrettò ad accettare Lavinia, guardando le tende smontate e pronte per essere lavate, «Ci vediamo da te?».

«No, direttamente alla *Casina Valadier*, perché devo passare a via Veneto, tra mezz'ora».

«Non ti sembra un luogo troppo… dispendioso?».

«Forse eviterai di venire in bicicletta!».

Lei rise, poi gli annunciò: «Federico, il mio registratore non funziona».

«Buttalo via, è un'anticaglia».

«Gli sono affezionata, lo sai».

«Avrà le pile scariche».

«Le pile… non ci sono proprio» controllò Lavinia, aprendo lo sportellino.

«Ha anche l'alimentazione elettrica; inserisci la spina nella presa a 220, altrimenti salta tutto».

«Questo me lo ricordo» asserì la donna.

«Con te, non si sa mai! Ti aspetto all'una». E Federico, messo di buon umore dall'assoluta mancanza di praticità di Lavinia, si preparò a uscire, mentre lei canterellando, portava tende e registratore nel bagno.

Infilò le prime nel cestello della lavatrice, selezionando il programma di lavaggio, poi staccò la prolunga del phon e sistemò l'apparecchio in cucina, appoggiandolo sopra il frigo, dove si trovava una spina doppia: l'unica funzionante, in tutta la casa.

Lo accese e continuò a spremere il pompelmo abbandonato poco prima, mentre la sonata mozartiana, interpretata da Paolo e da lui dedicata a Francesca, invadeva la cucina.

"Dovrei telefonare alla contessa Giovanna, per darle le informazioni che mi ha chiesto, sull'arazzo da restaurare, ma vorrei essere sicura di trovare anche la nipote".

Lavinia lavò lo spremiagrumi, la musica finì, il dispositivo andò avanti a vuoto e lei schiacciò il tasto dello stop: le dita umide scivolarono sul pulsante, si udì un clic di blocco, ebbe un gesto di rammarico per la sua goffaggine, temendo di aver causato un danno irreparabile alla registrazione, poi si fermò, stupefatta.

«Siamo intesi, le consegneremo La Signora delle Perle alle 17, al Giardino del Lago...» nella pausa che seguì le parole, si avvertì il fruscio del nastro, *«Non ha bisogno di minacciare nessuno, tanto meno Francesca... è stato uno spiacevolissimo equivoco, lei è cleptomane».*

A un'obiezione dello sconosciuto interlocutore, la voce di Paolo riprese, con un certo sforzo: *«Non pensavamo fosse un oggetto sacro, tanto prezioso: dirò a mio padre di non utilizzarlo».*

Il nastro continuò a girare per altri secondi, mentre Lavinia fissava ipnotizzata il piccolo registratore giapponese, quasi un giocattolo, che aveva intercettato un segreto, tenuto nascosto nella doppia banda, alle più sofisticate apparecchiature moderne.

13

Allo sguardo di un qualunque passante, che avesse occhieggiato all'interno, i verdi numeri fosforescenti sarebbero sembrati una normale tastiera telefonica.

In realtà, si trattava di un perfetto *timer*, sistemato nell'incavo del radiotelefono.

La vettura di grossa cilindrata, grigio metallizzato, era parcheggiata a pettine, a piazza Roma; il rumore dell'acqua della fontana al centro del giardino, quasi non si avvertiva. Il suono fioco, veniva portato via dalle fredde raffiche, si ingolfava nelle strette stradine, convogliato in un piccolo slargo.

Un uomo brizzolato sbucò dal lato della chiesa seicentesca di Santa Maria della Carità, con una bottiglia sotto il braccio, avvolta in una carta velina chiara come l'anisetta, il liquore di produzione locale, appena acquistata nell'antico *Caffè Meletti,* vanto e orgoglio di Ascoli Piceno. Senza fretta, lo sconosciuto aprì con il telecomando, lo sportello: la macchina lampeggiò docilmente e accolse il guidatore nel comodo abitacolo. Con calma, l'uomo mise in moto e si preparò ad uscire dalla città semi deserta.

Le due corsie della Salaria, antica via del sale dei Romani, da più di duemila anni collegamento diretto tra la città marchigiana con la capitale, erano occupate solo dal vento. Il suo sordo sibilo, faceva mormorare i boschi di querce e di castagni, sulle falde delle montagne circostanti.

Il guidatore accese la radio e si sintonizzò su un programma musicale, a esorcizzare il greve silenzio, che avvolgeva la campagna raggelata.

Raggiunse in breve la corriera che da Ascoli fa servizio, due volte al giorno con Roma e rallentò, costretto a moderare l'andatura, dalla scarsa visibilità della strada, serpeggiante tra le strette vallate.

Diede un'occhiata all'orologio digitale: segnava le 20 e 20.

"Ancora dieci minuti" pensò scalando la marcia, innervosito dall'andatura forzatamente lenta, dietro il fumoso pullman di linea azzurro; nella notte chiara, si stagliavano gli arcigni profili dei monti e s'intravedevano le cupe masse degli alberi, che salivano sul fianco dei pendii.

Finalmente, la corriera accostò per una fermata, la potente vettura la superò, divorando l'asfalto, lasciandosi alle spalle Colle San Marco, il monte dei Fiori, la cartiera di Mauro Elpidi, gli ultimi centri abitati.

20 e 18.

L'uomo rallentò, guardandosi intorno: poche, fievoli luci, una massa indistinta sulla sinistra: calcolò rapidamente il percorso fatto, non essendo in grado di riconoscere i luoghi.

Castel di Luco, rotonda vestigia medievale, torreggiava sulla piatta prospettiva della strada, sopra le basse case, sparse ai suoi piedi; la sagoma era inconfondibile, l'aveva notata al mattino, prendendola come punto di riferimento.

20 e 19.

L'aria cominciava a odorare di zolfo, per la vicina sorgente termale: la lingua sottile del Tronto, scorreva alla sua destra, senza rumore, per la scarsa portata dell'acqua.

"È la distanza limite".

La macchina frenò dolcemente, al centro di una curva ampia, dov'erano allineati massi di travertino, che spiccavano nel buio, per il loro algido candore.

20 e 30.

La mano bruna schiacciò un pulsante, contrassegnato dall'asterisco, sulla tastiera fosforescente.

Tre secondi più tardi, verso nord, il lampo di una luce pugnalò il grembo della notte.

Con un sorriso di scherno, il guidatore soddisfatto, diede gas e ripartì alla volta di Roma.

14

Il fuoco nel caminetto acceso, lambiva le due figure femminili, in piedi davanti a un arazzo, che rappresentava una scena di caccia, sistemato nella parete di fronte.

«Si eseguono ancora allo stesso modo?» chiese con autentico interesse la nonna di Francesca.

«La lavorazione degli arazzi, nel corso dei secoli, non ha subito trasformazioni di rilievo» rispose Lavinia, controllando il rovescio della stoffa, «I fili dell'ordito e della trama, continuano a essere intrecciati manualmente. L'ordito costituisce lo schema di base, mentre la trama compone il disegno vero e proprio» concluse rivolta all'anziana signora, con simpatia.

Le piaceva molto: era attratta dalla sua conversazione piena di spirito, si meravigliava dell'attenzione che suscitavano in lei gli avvenimenti quotidiani, apprezzava i giudizi lucidi, espressi con la serenità di chi lascia decantare le cose e le osserva col distacco raggiunto con l'età.

«Mi rincresce che si sia deteriorato... è bello, vero?».

«Molto. È stato tessuto a basso liccio. Una lavorazione esclusiva della manifattura di Beauvais, dal 1825 in poi».

«Che cosa vuol dire?» s'informò la gentildonna, andando a sedersi vicino al fuoco e invitando con un gesto accanto a sé, Lavinia.

«La differenza è nella tecnica della tessitura: ad alto liccio, il telaio è verticale; a basso liccio, orizzontale. Il liccio è lo spago usato per sollevare e abbassare l'ordito: l'arazziere lavora sul verso, il calco del cartone viene fissato sotto l'ordito».

«Un'opera di pazienza. Non mi stupisco che oggi sia raro trovare persone capaci di applicare tecniche tanto complesse».

Lavinia si avvicinò alla contessa e spiegò: «Ce ne sono, ma i veri esperti non hanno contatti con i privati: lavorano per lo Stato, oppure per i negozi di antiquariato. A Roma c'è un'antica bottega, dove si eseguono restauri ad alto livello. Però, oltre a essere molto costosi, non prenderebbero in considerazione l'arazzo di un singolo».

«Inoltre, non potrei permettermi di pagare una cifra elevata» sorrise con semplicità la vecchia dama, versando un'altra tazza di tè per Lavinia, che sedette vicino a lei, osservando con un certo stupore: «Credevo che il fattore economico fosse secondario».

«Io preferisco contare sul mio vitalizio: le questioni di denaro allontanano anche i parenti più stretti» sentenziò la nonna di Francesca, con un sospiro.

Per un attimo, nel silenzio imbarazzato seguito alla considerazione, si avvertì il crepitare allegro di un ciocco che, diventando incandescente, si spezzava. Lavinia si sentì in dovere di aggiungere: «A volte, è preferibile evitare l'intervento di restauro: una manomissione, per quanto accurata, toglierebbe valore all'arazzo. Basterà una pulitura, per restituire vita al disegno, senza alterarlo».

«Avrei voluto lasciarlo a Francesca, però, forse è quasi un bene che finisca con me».

«Perché dice questo?» mormorò stupita Lavinia.

«Ha notato le iniziali intrecciate nel bordo?».

La giovane donna annuì.

«È il regalo di nozze di un innamorato respinto, di cui Alberto, mio marito, è sempre stato geloso, instillando la stessa antipatia nei nostri ragazzi, soprattutto nel padre di Francesca, Clemente. E Paolo, era il nipote di Sebastiano Elpidi».

Lavinia la fissò esterrefatta: «E suo figlio, osteggiava la loro storia per un vecchio rancore?».

«Sembra assurdo, al giorno d'oggi, vero? Eppure è così, almeno in parte. Ci sono anche altri motivi: quando mio marito attraversò una crisi finanziaria, a causa di speculazioni sbagliate, Sebastiano, il nonno di Paolo, rifiutò di aiutarlo. Anche lui era in difficoltà economiche, ma Alberto si convinse che fosse una ritorsione. Fummo a un passo dalla bancarotta e passammo un periodo molto brutto, poi, grazie alla regina Elena, uscimmo dalle ristrettezze. Io divenni dama di corte, Alberto ebbe l'incarico di consulente in una banca e la fortuna fu di nuovo con noi. Nessuno nella nostra famiglia dimenticò l'affronto, mentre tuttora Mauro Elpidi, figlio di Sebastiano e padre di Paolo, continua a spedirmi forniture di carta da lettere e biglietti da visita».

Lavinia ascoltava incredula: cominciava a spiegarsi l'atteggiamento di Francesca, combattuta tra affetti contrastanti, in una faida fuori dal mondo. I suoi occhi incontrarono lo sguardo color fiordaliso della contessa, che sorrise con malinconia: «Alberto era buono, ma rigido e impulsivo: si lasciava trascinare da collere violente e non ammetteva di avere torto. Clemente ha lo stesso carattere, mentre Francesca ha un'indole affettuosa e tollerante. Però, pur somigliando a me, ha ricevuto un'educazione spigliata, se posso usare questa definizione, manca di spessore e ora si trova ad affrontare il primo, vero dolore della sua vita, senza esservi preparata».

«È una prova difficile per chiunque» obiettò Lavinia

«È stato sempre tutto troppo facile, per lei».

«Sembra impaurita».

«Ha timore della reazione del padre».

La contessa Giovanna scosse la testa, dove la treccia candida girava due volte, fermata da numerose forcelle d'osso, e stava per aggiungere qualcosa, ma l'apparizione della nipote, fermò la frase.

«Nonna, ho appuntamento al bowling con gli amici, ci vediamo stasera».

«Non andare con il motorino, Francesca, sai che sto in pensiero».

«Posso accompagnarla io» si offrì Lavinia, cogliendo al volo l'occasione di parlarle a tu per tu, «Poi tornerà con uno dei suoi compagni».

«Se non la disturba troppo...».

«Affatto» assicurò l'ospite, alzandosi e osservando con la coda dell'occhio, l'espressione perplessa della ragazza, «sono proprio diretta al Flaminio».

La padrona di casa la salutò con affettuosa simpatia, poi le due giovani donne lasciarono l'accogliente tepore del salotto dai chiari arredi veneziani e salirono nella Mini di Lavinia, parcheggiata davanti al portoncino di legno, rischiarato da una fioca lampada di ferro battuto che altalenava al soffio della tramontana.

Percorsero in silenzio pochi metri, poi la guidatrice girò a sinistra, intorno alla fontana intirizzita e fermò la vettura sotto l'arcata, che congiunge la scenografica invenzione architettonica di piazza Mincio all'ideale prolungamento delle vie adiacenti.

La ragazza la fissò perplessa, Lavinia mise in funzione il mangianastri e la voce di Paolo Elpidi scaturì chiara: *«Dedicata a Francesca»*.

Lei diventò bianca, come i tubi al neon delle insegne poco distanti e restò senza parole ad ascoltare la musica.

Quando il brano terminò, poté appena sussurrare: «Dove l'ha presa?».

«L'ho trovata sul prato, il giorno in cui Paolo è stato ucciso».

Francesca strinse convulsa le mani nei guanti rosa a pois blu, poi chiese con voce strozzata: «Lo conosceva?».

«È stata una coincidenza» la faccia tesa della ragazza espresse una diffidenza incontrollabile e Lavinia insistette, «Davvero, devi credermi: passavo per caso e ho inciampato nella cassetta».

«Me la restituisca» ingiunse brusca Francesca, «appartiene a me».

Lavinia la estrasse dall'apparecchio, la tenne in mano e, senza badare all'interruzione, continuò: «Contiene su un'altra banda la registrazione di una conversazione telefonica, fatta da Paolo, per fissare un appuntamento».

Francesca sgranò gli occhi umidi sull'interlocutrice e domandò: «Che cosa vuol dire?».

«Significa che ha inciso, involontariamente, una telefonata ricevuta mentre stava registrando».

«Com'è possibile?».

«Evidentemente, Paolo ha usato un magnetofono dotato di una testina che incide e permette il riascolto, su tutte e quattro le piste del nastro. Anch'io ho un apparecchio in grado di *leggere* i messaggi registrati su ogni facciata; ho potuto risentire le sue frasi, rivolte a chi lo ha chiamato. Chi è la *Signora delle Perle*?» chiese a bruciapelo.

Francesca si afflosciò sul sedile dell'auto; sembrò un mucchio di straccetti colorati, dai quali emerse un filo di voce: «È un nome in codice, per indicare una moneta di rame».

«Di valore?».

«Non credo».

«E allora, che senso ha tanto accanimento? Deve esserci una spiegazione».

«Non lo so, giuro».

«Sei davvero cleptomane?».

«Io… l'ho presa per gioco a casa di Viviana, la mia compagna di stanza in collegio. Lei diceva che era un talismano, non se n'è neanche accorta, comunque non me l'ha mai richiesta. Ma da quel momento, sono cominciate le minacce, un vero incubo».

Francesca deglutì, poi si mise a piangere: «Paolo ha inventato la versione della cleptomania per discolparmi. Qualche volta, nei negozi, oppure nei grandi magazzini, io e Vivì portavamo via qualcosa, per divertirci» terminò con un singhiozzo.

Lavinia sospirò, scoraggiata: bravate che per una scarica di adrenalina, un brivido di eccitazione, scacciavano la noia. Ma potevano costare care. Forse, la vita di due innocenti, se le cose stavano come aveva raccontato.

«Qualcuno, forse il legittimo proprietario, è sulle tue tracce, sei in pericolo, lo capisci?».

«Non posso farci niente. Se anche lei cerca la moneta, io non so dove Paolo l'abbia nascosta».

«Non piangere, ora ti accompagno al bowling: domani parliamo con calma. Chiariremo la situazione».

La donna mise in moto e si avviò in direzione di via Po.

Sotto il lampadario liberty, sospeso nell'arcata tra i due palazzi, un uomo accese con calma una sigaretta e salì senza fretta, su una 500 grigia: scrisse il numero di targa della Mini bianca e lanciò una nuvola di fumo, attraverso il deflettore aperto.

15

Federico osservava con la coda dell'occhio la gatta nera sdraiata sul fondo del letto: le pupille verdi del felino, spiavano attente ogni minimo gesto delle dita, che giravano

metodiche, i fogli della rivista e, contemporaneamente, seguivano i movimenti pacati di Lavinia, che andava sistemando una serie infinita di calzini.

Davvero, non sapeva di possederne tanti…

Oppure era lei, che continuava a ripiegare sempre lo stesso paio, presa da pensieri ossessivi e inquietanti?

L'uomo sbuffò, annoiato e si soffermò su un cruciverba iniziato, attirato da tre consonanti: una T, una R e una G, che lo portarono ad una inaspettata associazione di idee. Curioso, andò a cercare la definizione: *17 Verticale, Fattucchiera*.

"Strega" pensò. Afferrò una matita dal tavolino, partendo dalla G del *15 Orizzontale* e scrisse *"Gaster"* nelle successive caselle, constatando sorpreso, che l'anagramma corrispondeva.

Lasciò scivolare la rivista sul tappeto: non ne avrebbe fatto parola con anima viva, giurò a se stesso, seccato dalla scoperta. La sua compagna aveva una fantasia fin troppo sbrigliata e giudicava preferibile non alimentarla ulteriormente.

La chiamò: «Lavinia, è tardi, finirai domani. Non credi che sarebbe ora di venire a letto?».

La donna annuì chiudendo il cassetto e sfilandosi la vestaglia: «Giunone, vai a dormire anche tu» invitò, scivolando sotto le coperte.

La gatta si stirò voluttuosa, per niente convinta e mostrò la gola rossa, in un finto sbadiglio di sfida, che fece vibrare i sottilissimi baffi.

Il padrone schioccò le dita e l'animale balzò sul tappeto, con un mugolio risentito: sempre così, quando c'era quella donna in giro per casa. E a lei, toccava dormire in cucina. Con estrema calma e l'aria offesa, raggiunse la porta e li lasciò soli.

Federico si girò verso Lavinia: «Hai detto dormire?».

«L'ho detto».

«Sei stanca?».

«Letteralmente a pezzi» mormorò lei, scartando il cuscino e disponendosi comodamente nell'incavo del braccio dell'uomo.

«Da un po' di tempo, sei sempre stanca» osservò Federico ironico, mentre attenuava la luce, «Stai recitando il ruolo della donna in carriera: appuntamenti ai quali non puoi assolutamente mancare, colazioni di lavoro, impegni urgenti e irrinunciabili».

«Ma le serate le abbiamo rigorosamente trascorse insieme!».

«Certo, come no!» irrise Federico, «Per farmi sorbire lugubri e raccapriccianti racconti, su argomenti e vicende verso le quali non ho mai avuto la minima inclinazione e nessuna simpatia. Omicidi, complotti, furti, liti familiari e non so quali altre nefandezze. Io sono abituato a scorrere velocemente la cronaca nera, sui giornali e a ignorarla in tv. Non mi divertono, né mi interessano congetture ed elucubrazioni morbose nelle quali *tu* ti compiaci».

«La cronaca nera ha per protagonisti esseri umani, individui simili in tutto e per tutto a noi» insinuò soave Lavinia.

«Finora, non mi sono riconosciuto negli esempi, che studi con tanto accanimento! Non me ne importa niente se Francesca è cleptomane, se Paolo è morto per proteggerla, se gli anatemi scagliati dagli antenati, perseguitano la nipote».

«Sei un egoista…» rimproverò blanda la donna, appoggiandosi su un gomito, consapevole che la discussione aveva preso una piega, poco propizia a conciliare il riposo di entrambi.

«Cambierebbe qualcosa se non lo fossi?».

«Potremmo aiutare Francesca» azzardò lei.

«*Miss Kilt*, hai la stoffa dell'assistente sociale, ma vista la tua perversa tenacia, non escluderei il volontariato in Africa» suggerì esasperato Federico.

Lavinia non era disposta a lasciarsi trasportare dalla collera, né intendeva schivare le provocazioni.

Accettò il confronto.

«Di cosa dovremmo parlare, sentiamo!».

«Di noi, di quanto ci riguarda da vicino».

«Non ne abbiamo bisogno» sostenne lei, ostentando una sicurezza orgogliosa, mentre scivolava di nuovo tra le sue braccia.

«Sarebbe a dire?» l'uomo era troppo infuriato per accettare la tregua, ma non abbastanza da respingerla.

«Le parole tra noi, non servono: ci comprendiamo al volo. È un privilegio da sfruttare» assicurò lei.

«A volte non basta. Parlare aiuta: non dare tutto per scontato o, peggio ancora, come dovuto» ribatté con una certa asprezza che la colpì, per il fondo di verità contenuto in quell'affermazione.

«Discutere è una perdita di tempo: lo ripeti spesso» provò a usare le sue stesse armi dialettiche.

«E tu il tempo hai trovato il modo di occuparlo meglio!» rimbeccò pronto, Federico.

Alla larga dalle speciose argomentazioni femminili.

«Non ti trascuro e non sottraggo niente che appartenga alla sfera del nostro rapporto» riversò nel suo orecchio, una bocca all'improvviso molto invitante.

«Ti pare?» chiese lui, tentando di scrollarsela di dosso senza riuscirvi, «Sei infida, come tutte le donne!».

Lanciò il capo d'accusa abusato, ben lontano dall'essere convinto della difesa appassionata, ma sentendo salire la temperatura del desiderio, in modo insostenibile. E sapeva che lei ne avrebbe approfittato.

«Accetto la mia parte di torto» riconobbe Lavinia: la docilità non era immune da calcolo e intrecciò le sue gambe a quelle dell'uomo, felice che la distanza tra loro fosse sul punto di annullarsi, riportandoli su un comune terreno d'intesa.

Federico si sentì disarmato; il corpo femminile contro il suo era cedevole, vulnerabile, dolce e invitante…

Provò l'impulso di farle male.

La strinse con violenza e lei non protestò.

Lo cercò, invece, e Federico trattenne il fiato lasciando agire su di sé il potere insidioso di quelle carezze.

Ma non voleva cedere.

Non subito, almeno.

«Lo sai cos'è la pazienza?».

«Dimmelo tu».

«È un concetto simile al conto in banca: non puoi attingervi di continuo senza aggiungere capitali, altrimenti finisci in rosso».

«D'ora in avanti, controllerò con attenzione l'estratto conto» promise Lavinia, sorridendo.

«Non sperare che con quattro moine…».

«Non saranno quattro moine» assicurò lei, mentre le spalline sottili della camicia da notte scivolavano lungo il corpo, attraversato da una carica inequivocabile.

Federico la sentì rabbrividire e divenne insofferente, avvertendo sulla pelle la barriera opposta dal pigiama. Lavinia lo aiutò a liberarsene, si strinsero, mentre lei lo incitava, sensuale: «Adesso puoi vendicarti».

«E domani?».

L'uomo restava sospettoso e diffidente, pur avendo ormai superato il limite di guardia.

Si rilassò, consapevole che su quel campo di battaglia non le avrebbe potuto resistere: lei era determinata a trascinarlo a condividere le motivazioni del suo stravagante modo di agire, usando a piene mani, il potere di seduzione.

Inutile opporsi.

Per il momento, decise, avrebbe acconsentito a firmare un armistizio, senza capitolare o concederle una facile vittoria.

«Accettami come sono» suggerì Lavinia leggendo nei suoi pensieri. Ma lo disse in tono di preghiera.

«L'ho sempre fatto» sostenne lui, in perfetta buona fede.

«Non fino in fondo» assicurò la donna, mordendogli una spalla, impaziente di concludere la discussione.

Prigionieri del trasporto amoroso, lasciarono che ogni altra spiegazione si annullasse, comunicando attraverso i gesti espliciti dei loro corpi.

Dal davanzale dell'ingresso, i verdi occhi di un idolo nero, sorvegliavano la stradina, dove una 500 grigia era parcheggiata accanto alla Mini di Lavinia.

Giunone mosse la coda infastidita, poi si rituffò con un balzo nel corridoio immerso nel buio.

Dopotutto, non erano affari suoi.

16

Un danese nero saettò nell'ombra che avvolgeva il giardino della grande villa, attraversando a larghe falcate, la densa nebbiolina, diretto al cancello.

«Rudy!» chiamò una voce impaziente e autoritaria.

Il cane tornò indietro e si fermò ansimante, davanti al padrone.

Eugenio Ulpia parlava con il segretario, ma gli elargì una carezza distratta e l'animale uggiolò.

«Ha svolto un ottimo lavoro; farò accreditare sul suo conto di Zurigo la cifra pattuita. I miei impegni?».

«La riunione con i membri del comitato, fissata per stasera alle 22: l'aereo per Roma è confermato domattina alle 8».

«Avremo molte cose da discutere: cautela e discrezione sono fondamentali più che mai, dopo quei disgraziati incidenti».

«Ognuno di loro, ne è perfettamente consapevole».

«Se qualcosa delle nostre attività trapelasse, rischieremmo una campagna stampa addirittura persecutoria, che ci danneggerebbe in modo irreparabile» osservò preoccupato Eugenio Ulpia.

«Ne siamo usciti puliti e fermeremo le calunnie, con ogni mezzo».

Il tono sinistro, usato da Lucio Bruni, sembrò tranquillizzare il finanziere.

«Mia figlia è già partita?».

«Sì, dottore».

«Ha incontrato Francesca?».

«Ancora no».

«Le tenga d'occhio, Bruni, possiamo fidarci di Shahin Mahel? Potrebbe essere un infiltrato. Viviana non si rende conto dei rischi che corre».

«Vigilerò, affinché non accada nulla a sua figlia».

«Forse, tramite lui, potremmo recuperare il nostro *mandàla*. Tu sei davvero convinto che quella sventata ragazza, ignori dove sia stato nascosto?».

«Ne sono assolutamente certo. È troppo impaurita, non continuerebbe a tacere».

«Avranno compreso l'importanza della moneta?».

«Non credo, dottore: solo un esperto in lingua sanscrita, potrebbe decifrare la scritta, ma anche così, è difficile risalire al significato dell'emblema».

«Il perfezionamento, il senso stesso della vita, si raggiungono attraverso stadi successivi. La Morte, è una tappa necessaria» declamò Ulpia, in tono solenne.

«Il riposo non è eterno: un arresto temporaneo per riprendere le energie, prima di continuare il cammino dell'esistenza» completò gravemente il segretario.

Le due frasi iniziatiche, rimbalzarono nel vento e il cane fece sentire un sordo brontolio, al quale diede oscura risposta il maestrale, carico di aromi pungenti e salmastri.

«È tutto pronto, per ricevere i convenuti?» s'informò il padrone di casa.

«La sala è stata preparata nel primo pomeriggio: ho disposto la libera uscita per il personale. Non potendo usufruire del panfilo, per misura precauzionale, io stesso aprirò il cancello e introdurrò gli ospiti»

«Negli ultimi tempi, c'è stato uno schieramento meno rigoroso: il gruppo tende a sfaldarsi e dobbiamo arginare una pericolosa tendenza alla polemica».

«Non sarà difficile riportare l'ordine, facendo leva sulla documentazione di cui dispone, per ognuno di loro».

«Conto appunto su questo, per ricondurli all'essenza stessa della ragione. E tenere le redini ben salde».

Il cane scrollò la grossa testa, mentre il padrone rientrava nella villa, seguito dal segretario.

Fuori dal giardino, la costa anticamente chiamata *Portus Lunae*, era battuta dal forte vento; le cime dei pini si scomponevano sguaiate e la vicina isola Palmaria, innalzava il baluardo delle rocce, contro la violenza della tempesta, che infuriava in mare aperto.

Tra la burrasca, *Villa Venus* elevava le sue mura. Quella sera avrebbe ospitato gli adepti di un culto che aveva radici lontane, ramificate in un humus inalterabile, fecondato nel tempo, dalla superstizione

Schiaffeggiata dalle onde, *La Signora delle Perle* conservava nella cassaforte di bordo, documenti che potevano compromettere un'infinità di persone, per la forza devastante delle dichiarazioni, rese da ognuno di loro, al gran cerimoniere dell'antico rito.

L'Oriente e l'Occidente si incontravano, per gestire attraverso attività tentacolari, il peso del potere finanziario.

17

«Stefano, l'attentato allo stabilimento di Mauro Elpidi, ci conferma che la morte del figlio Paolo, è un episodio della partita che si annuncia senza esclusione di colpi» Lavinia camminava concitata per la galleria d'arte sorvegliando il tono, sollevata che l'assenza di Federico le consentisse di parlare liberamente.

«Abbiamo alcuni pezzi, disposti sulla scacchiera: continua a sfuggirci il disegno generale e il senso stesso dell'operazione! Al momento attuale, non possiamo intervenire in nessun modo» obiettò, frustrato, il funzionario di polizia.

«Se la carica esplosiva fosse stata fatta deflagrare di giorno, con la cartiera in funzione, i morti sarebbero stati decine» la donna ripeteva, inorridita, il commento del cronista locale, alla notizia rimbalzata sulle pagine dei quotidiani nazionali, data la portata dell'evento, in apparenza inesplicabile.

«Avevano certo calcolato l'effetto, non si è trattato di un errore» commentò l'uomo.

«Qual è il significato di questo nuovo atto criminoso, secondo te?».

«Un'intimidazione, oppure una rappresaglia».

«Francesca dovrebbe decidersi a rivelare quanto sa» affermò preoccupata Lavinia.

«Ieri mattina l'ho interrogata di nuovo, senza informarla che mi avevi messo al corrente dell'incisione sulla cassetta; era sinceramente sbalordita e ripeteva che non è in grado di spiegare questo attentato».

«Da lei sappiamo che ha portato via alla figlia di un finanziere, Viviana Ulpia, sua compagna di stanza, una moneta di rame. Una bravata, insieme hanno compiuto furtarelli di poco conto. Ma la *Signora delle Perle* è un antico talismano. Subito dopo, lei e Paolo hanno ricevuto minacce telefoniche: ne hanno parlato insieme e lui ha deciso di assumersi la colpa del furto, impegnandosi a restituirla. È stato la prima vittima, seguito da Marcello Amerighi, sicuramente al corrente della faccenda, forse coinvolto involontariamente, in quanto loro amico».

«Vedi, questo è illogico: perché ucciderli entrambi e incendiare la cartiera di Elpidi, se la vera colpevole è Francesca?».

«Per intimidirla e spingerla a confessare dov'è finita la moneta?».

«Oppure, perché chiunque la possiede deve morire».

Si guardarono, sgomenti, poi Stefano sentenziò: «Lei non lo sa: avrebbe già parlato» assicurò, convinto.

«Sei certo di non essere parziale? Ho visto ieri come la guardavi» insinuò Lavinia.

«Non nego che mi piace. E molto. Ma quello che mi preme, è aiutarla a venir fuori da questa losca vicenda, senza ulteriori traumi».

«E Ornella?» si preoccupò l'amica. C'erano già abbastanza complicazioni.

«Non c'incontriamo da settimane» confidò lui, consapevole che la storia tra loro, da un paio d'anni si trascinava senza sbocchi.

Poi, desideroso ci continuare il discorso che gli stava a cuore, riprese subito: «Seguiresti una pista omosessuale?».

Lavinia scosse la testa: «Intendi una vendetta gay?».

«... un circolo per pochi iniziati, per i quali la moneta potrebbe avere un valore simbolico».

«Forse non è da escludere completamente, ma sono perplessa».

«Stiamo indagando su Viviana Ulpia e la sua famiglia: le informazioni arriveranno sul mio tavolo al massimo tra 48 ore. Intanto, ho convocato l'autista del taxi che mi hai indicato: ricorda solo quello che ti ha raccontato».

Lei controllò l'orologio sullo scrittoio di Federico, sospirando delusa e avvertì: «Ho invitato Francesca a visitare la mostra oggi alle cinque: è meglio se non vi incontrate».

«Me ne vado subito» assicurò Stefano, benché a malincuore.

Salutò l'amica e uscì nel breve crepuscolo romano, aggredendo la folla spalmata su piazza di Spagna, dove fervevano i preparativi per il Natale ormai prossimo; si avviò a piedi lungo via Condotti, traboccante di gente come uno strudel ripieno, mentre l'oggetto dei suoi desideri entrava nella galleria d'arte, insieme a Viviana Ulpia.

Occhi liquidi tra il grigio e il verde, abilmente messi in risalto da un trucco sfumato negli stessi colori, capelli a caschetto castano chiaro, un

fisico longilineo, dalle linee morbide e piene…
l'amica di Francesca impressionò Lavinia.

E ancora di più Federico, appena rientrato.

Consapevole di aver fatto colpo, Viviana non lo lasciò un momento, con sguardi provocanti: mentre lui compiaciuto, le mostrava la collezione di Severini, apparve chiaro che i quadri non erano il suo forte e che altri pensieri le giravano per la testa. Con abilità consumata, riuscì a conoscere senza fatica, l'indirizzo privato dell'uomo e sembrò molto seccata quando Lavinia, disturbata dagli evidenti maneggi, propose una tazza di cioccolata, da *Babington's*.

Francesca accettò di raggiungere l'accogliente locale, vicino alla scalinata, con entusiasmo sincero e le tre donne salutarono, preparandosi a uscire.

«A presto» sorrise Viviana, stringendo con calore la mano dell'uomo, sotto gli occhi oscurati di Lavinia.

Federico respirò sollevato, annusando l'aria: fra tutti i profumi, dominava quello violento, carnale della ragazza, così poco adatto a una diciottenne, che aveva un nome definitivo: *Poison*.

Insopportabile, concluse lui. Tempo addietro, aveva diffidato Lavinia dall'usarlo e ricordò che quell'imposizione gli era costata una fortuna, avendo dovuto sostituirlo con una delle marche più costose sul mercato, caro quasi quanto un gioiello.

Lasciò aperta la porta a vetri, per far circolare l'aria e respirare un sano aroma di caldarroste.

Per la terza volta in due giorni, notò la 500 grigia parcheggiata accanto alla Mini di Lavinia e decise che sarebbe andato a dare un'occhiata. Conosceva tutti i proprietari delle auto di quel particolare tratto di strada, dove il minimo spazio era equamente distribuito fra gli occupanti del selezionato settore: un nuovo arrivato, che sottraeva posti già limitati, andava individuato e scoraggiato.

In quell'istante suonò il telefono: fu costretto a rientrare, rinviando l'indagine che gli avrebbe consentito un'interessante scoperta.

18

La seguivano.

Lavinia ne era sicura.

Da qualche giorno, provava la spiacevole sensazione di essere spiata: avvertiva che ogni suo spostamento era oggetto di pedinamenti, effettuati con sagacia sinistra. Non avrebbe infatti potuto dare un volto all'inseguitore, ne avvertiva però la presenza nelle pieghe dell'ombra. In pieno giorno, un fiato minaccioso le respirava sul collo, ammonendola: una minaccia gravava su di lei.

Su loro due.

Pensava a Francesca. Esposta a una collera cieca, per un inesplicabile motivo, sfuggiva alla punizione: non era stata ancora eliminata.

Un brivido di raccapriccio attraversò il corpo della donna, che sprofondò il mento nel collo di angora verde salvia, affrettando il passo. I piedi protetti dalle comode scarpe scamosciate, la portarono oltre piazza Margana e cercò di distrarre il pensiero, ammirando le costruzioni di quell'antico angolo di Roma.

Stava ricalcando il perimetro del circo, edificato dal tribuno Caio Flaminio, pugnalato sul lago Trasimeno da Annibale: fatti di sangue grondavano le mura rosate dal sole, che pur splendendo, non riscaldava l'aria gelida. Le fondamenta delle case poggiano su un campo di giochi cruenti: gli uomini lottavano contro i propri simili e i gladiatori contendevano la loro vita a belve feroci, incitati dalla folla avida di carneficina.

Turbata, Lavinia si fermò vicino a una torre medievale: le vittime avevano trovato pace, se non giustizia.

Attribuì ai pensieri che la tormentavano, impressioni tanto cupe e lottando contro il forte vento di tramontana che la opprimeva, tagliandole il respiro, si affrettò a entrare nel locale, dove aveva dato appuntamento a Francesca.

Si sedette, guardandosi intorno con sollievo: il banco di marmo bianco, venato di grigio, l'arredo di stampo Ottocento, la riportò a Goethe, al suo vero o presunto amore per la bella Faustina, figlia di un'ostessa romana.

«Sono in ritardo, scusi. Al Centro Culturale di piazza Campitelli, non era ancora arrivata la segretaria».

Francesca fissava Lavinia, sorpresa nel vederla visibilmente turbata, i lineamenti contratti e un'evidente tensione, che la rendeva vulnerabile, fragile almeno quanto lei.

Scivolò sulla sedia imbottita da un cuscino color prugna e, per la prima volta, la sentì amica.

Notò che il sorriso forzato le scavava due sottilissimi segni, intorno alla bocca appena rosata e lo sguardo dolce degli occhi nocciola, aveva un'espressione che tentava di essere rassicurante.

Capì che poteva fidarsi di lei.

Doveva.

«Tentano di farmi impazzire» avvertì, senza quasi muovere le labbra.

Le parole erano sfuggite alla ragazza, suo malgrado.

Lavinia sussultò, impreparata alla brusca rivelazione: «Chi?».

«Gli stessi che vogliono *La Signora delle Perle*».

«In che modo?».

«Telefonano e mettono giù il ricevitore, senza parlare. Lasciano fiori sul motorino, come faceva Paolo quando non riuscivamo a incontrarci. Inviano biglietti, sigillati con un segno misterioso, di ceralacca…».

«Cosa ti scrivono?».

«Niente!». Francesca nascose il viso tra le mani per un attimo, prima di sollevare gli occhi supplichevoli sulla donna ammutolita: «Solo un disegno, a destra, nel bordo inferiore».

«Li hai conservati?».

«Tutti quanti: finora sono undici. Questo è l'ultimo».

Tirò fuori dalla tasca del giaccone di montone chiaro, un cartoncino rettangolare, grigio pallido. Come aveva detto la ragazza, nell'angolo inferiore era impresso un marchio stilizzato, in un cerchio che poteva avere la circonferenza di una moneta da 200 lire, forse poco meno, con i bordi frastagliati.

«Hai tenuto le buste?».

«No, non c'erano timbri, né francobolli: solo il mio nome, scritto con la calligrafia di Paolo».

La voce morì in un sussurro e nella pausa che seguì, s'introdusse la cameriera, per ricevere indicazioni sulle consumazioni, prima di allontanarsi silenziosa.

«Perché dici che vogliono farti impazzire?».

«Quale altro scopo può avere una simile campagna persecutoria» domandò a sua volta Francesca avvilita, «Io continuo a essere ossessionata dall'idea che Paolo sia morto a causa mia, al mio posto, e capisco di non avere scampo: prima o poi, toccherà anche a me. Devono solo raggiungere la certezza che io non sappia niente».

«Calmati» impose Lavinia con fermezza, «la vostra storia, per quanto segreta, avrà avuto dei testimoni: forse sarebbe opportuno scandagliare i possibili moventi delle persone a te vicine. Devi parlarne con Stefano Marchi, ti aiuterà a uscirne fuori, se collabori».

La ragazza scosse il capo e i capelli lisci e docili, seguirono il movimento, ricadendo a coprirle parte del viso: «Nessuno è in grado di togliermi dai guai: non so più di quanto ho dichiarato. Ed è poco, per avere una traccia».

«Ma la moneta, dov'è finita? Se tu la restituissi…».

«Paolo mi aveva assicurato di averle trovato un nascondiglio sicuro. Eravamo al Giardino del Lago per recuperarla, quando è stato ucciso».

«È questo che non capisco».

Lavinia attese che la cameriera cospargesse i due cappuccini fumanti con il cacao amaro, mentre ricollegava i fatti, poi obiettò: «Perché lo hanno eliminato, se non erano sicuri di rientrare in possesso della moneta?».

«Non era il primo appuntamento al quale Paolo mancava» rivelò, «Lui voleva essere sicuro che, dopo la consegna, tutto sarebbe definitivamente finito. Il suo interlocutore misterioso lo minacciava, si faceva beffe degli scrupoli, non era disposto a dargli garanzie».

«Credi che Paolo avesse intenzione di consegnarla realmente, il giorno in cui è stato ucciso?».

«Non ne sono sicura» ammise Francesca.

«Hai idea dove possa averla nascosta?».

«Sono tornata varie volte sul posto, cercando di immaginare il luogo adatto, ma è stato inutile».

«Pompeo non potrebbe darti un'indicazione?».

«Il guardiano? Gli ho chiesto se sapeva qualcosa: con una buona mancia, sono sicura che avrebbe parlato. Disgraziatamente, è perduta, capisce. E quando ne avranno la certezza…».

Lavina condivideva la sua ansia, incapace di trovare una parola di conforto. Delusa, soffiò sulla schiuma e scaldando le dita intirizzite intorno alla tazza bollente, riprese:

«Torniamo all'inizio. Apparteneva a Viviana?».

«No, al padre, che è un collezionista di oggetti esotici: viaggia di frequente, è spesso all'estero e raccoglie amuleti, monete, talismani. A *Villa Venus* ne ha un'infinità».

«Dov'è questa villa?».

«In Liguria, a Portovenere. L'estate scorsa ero ospite da loro con Paolo» Francesca deglutì il pianto, con la schiuma del latte, «Siamo stati insieme una settimana».

I ricordi di quel soggiorno luccicarono nelle lacrime, ritornarono dentro di lei, con la violenza di un'ondata che la trascinava via.

Pochi mesi. E la loro storia si era conclusa.

Niente più sotterfugi, batticuore, paura eccitante, corse per gettarsi fra le sue braccia.

Un colpo di pistola, aveva messo fine a tutto.

La vista si appannava, i contorni sfumavano. La mano di Lavinia le sfiorò la gota, in una compassionevole carezza.

«Non piangere cara, troveremo una via di scampo. Abbi fiducia».

Dietro i vetri arabescati, si stagliò una smilza figura maschile. Lavinia sussultò.

La porta si aprì, lasciando entrare una giovane coppia, abbracciata e sorridente.
Rassicurata finì di bere, mentre il vento continuava a far vibrare la vetrina, come se la donna le avesse comunicato la sua paura.

19

«Stefano, non ho molto tempo a disposizione» avvertì Lavinia, sedendo nell'ufficio del funzionario di polizia, «Ci tenevo a informarti che ho visto Francesca e sono certa di essere pedinata».
L'uomo la fissò preoccupato, aspettando che continuasse: l'amica espose la conversazione del mattino.
«Francesca è terrorizzata, non ha idea dei mandanti degli omicidi, tanto meno dei motivi. Inoltre, la moneta è introvabile» concluse al temine del resoconto.
«Più delle lettere minatorie e delle minacce, che potrebbero essere riconducibili a un mitomane, quello che mi preoccupa è *La Signora delle Perle*: chi ci assicura della sua effettiva

sparizione? Non potrebbe essere stata riconsegnata da Paolo, senza metterne al corrente la ragazza?».

«Cosa te lo fa supporre?».

«Rifletti. L'indugio prima dell'appuntamento, tanto per cominciare: ricorda che aveva un orario da rispettare. Invece, mancavano pochi minuti alle 17 e lui stava flirtando con Francesca su un prato».

«Questo semmai, proverebbe che erano vicini al nascondiglio» obiettò Lavinia.

«Ho fatto passare al setaccio ogni filo d'erba, ogni zolla, lì intorno: non abbiamo trovato niente».

«Non significa che non ci sia».

«Andiamo, Lavinia!» ribatté lui spazientito, «Non sono infiniti i sistemi di far scomparire una moneta in un fazzoletto di terra, tra radici e tronchi di alberi, panchine sconnesse e fontane secche. Non credo si sia divertito a organizzare una caccia al tesoro, non era una festa e il rischio era alto ».

«Qual è la tua opinione?».

«Che Paolo, per proteggerla, le abbia mentito: i sicari vogliono essere certi che non le abbia confidato niente, prima di eliminarla» spiegò Stefano, con tono asciutto.

Lavinia ribatté vivacemente: «Le motivazioni sono più complesse! Quella moneta deve avere un significato e l'unico in grado di fornirci un'indicazione, è Eugenio Ulpia».

«Il padre di Viviana?».

«Appartiene a lui e dalle informazioni ottenute da Francesca, si tratta di un collezionista, un vero esperto in materia».

I due si concentrarono sulle loro riflessioni, poi Stefano si alzò e passeggiò nervosamente per la stanza, prima di tornare a sedersi davanti a Lavinia.

«Hai ragione, è una pista interessante: ho avuto il fascicolo che lo riguarda».

«E?» incalzò lei, ansiosa.

«Posizione solida, volume d'affari elevato, interessi in varie parti del mondo, prevalentemente nell'area dell'America del Sud, un giro di amicizie influenti. Ultimamente, si è parlato molto di un socio, accusato di riciclaggio di valuta. La faccenda è stata sistemata in tempi sospettosamente rapidi».

«Forti pressioni, appoggi?».

«Evidentemente. Ho chiesto un rapporto anche su Marcello Amerighi: dalle indagini risulta che aveva parecchie conoscenze tra i gay, tuttavia sono escluse implicazioni personali. Il ragazzo è pulito: impegnato al massimo nel suo lavoro, non si drogava, frequentava pochi amici, tutti colleghi e giovani del conservatorio, però ...».

Stefano si alzò di nuovo, irrequieto, mentre Lavinia si lasciava sfuggire un gesto d'impazienza, controllando l'orologio.

«Hai ragione, è tardi, ti trattengo senza motivo, ma avevo bisogno di confrontarmi con qualcuno» si scusò l'uomo.

«Riprenderemo il discorso domani, stasera devo proprio lasciarti: è il compleanno di Federico passa a prendermi a casa alle otto». Così dicendo, l'amica si alzava e sollevava la larga mantella di loden verde, scivolata sullo schienale.

«Sembri Sherlock Holmes» sorrise Stefano divertito, aiutandola ad avvolgersi nelle morbide pieghe.

«Prego, *Miss Kilt*! Così mi chiama Federico».

«Come sta?».

«Molti problemi per la galleria, ai quali si aggiungono i nostri personali: definirei la situazione un po' tesa».

«Sarebbe il caso che decideste di vivere insieme».

«Non modificherebbe niente: io non mi trasformerei nella compagna tuttofare che lui sogna».

«Sei ingiusta: ha divorziato da Patrizia perché non voleva una moglie tradizionale».

«Non desidera neanche una detective, della quale non sa se e quando tornerà a casa! Fra i due estremi, c'è quel punto d'incontro, di equilibrio ideale, che ci sta sfuggendo. Forse il nostro rapporto, non è così solido come pensavamo» concluse amara Lavinia, infilandosi un guanto e cercando le chiavi della macchina nella borsa.

«Troverete un accordo: siete una coppia invidiabile, a un passo dalla perfezione» sorrise Stefano.

«Il sodalizio deve essere sostenuto dalla comprensione. Da parte sua» puntualizzò lei, senza rilevare la benevola ironia.

«Tu sei senza colpe? Di solito, la tolleranza è reciproca».

«Io ho mille difetti, ma cerco di accettare gli altri per quello che sono, non come vorrei che fossero».

«Quanto buon senso! Avrei voluto incontrarti prima» assicurò galante.

«E Ornella?» lo sfidò allegramente la donna, «E Francesca? Federico almeno è costante, nei suoi affetti!».

«Ornella mi sta creando grossi problemi» riconobbe l'amico, «Quanto a Francesca, è una storia che non è neanche cominciata».

Lavinia appoggiò la mano sulla spalla di Stefano, fissandolo con affetto sincero: «Sarebbe bene che non cominciasse, almeno finché dura questa situazione».

L'uomo accostò le dita alle labbra, in un bacio riconoscente e l'accompagnò alla porta.

«Ti chiamerò domani e mi spiegherai su quali elementi basi i tuoi sospetti di pedinamento: sii prudente» raccomandò nel salutarla.

Lavinia scese in fretta lo scalone, illuminato a giorno dalle luci al neon e raggiunse la macchina, lasciata in sosta vicino ai Giardini del Quirinale. Pagò il parcheggiatore, controllando che la pianta di gardenia, dal formato lillipuziano, comprata al vivaio per il suo compagno, fosse sistemata bene e non avesse risentito della breve sosta, quindi mise in moto la Mini bianca e si avviò.

Percorse le strade affollate senza degnare di uno sguardo il superbo panorama della città che, paludata nella gloria del tramonto, nonostante gli scempi dei nuovi barbari, continuava a offrire scorci superbi.

Tenne invece d'occhio il retrovisore, ossessionata dall'idea di essere pedinata, ma il traffico convulso di piazza Venezia e di corso Rinascimento la rassicurarono, sembrandole un'efficace barriera di protezione, frapposta fra lei e gli eventuali inseguitori.

Entrò nel portone di casa, dietro piazza Navona, con il bonsai stretto tra le braccia a conca, divertendosi a immaginare il piacere e la sorpresa di Federico.

"Dirà subito che è una spesa pazza e inutile, che lui adora le rose, non s'intende di queste piante giapponesi miniaturizzate, difficilissime da mantenere, delicate, di scarsa soddisfazione, poi però si lascerà conquistare dalla sua grazia".

Sbuffò arrivata al terzo piano e come sempre, si fermò sul pianerottolo, a riprender fiato. "Accidenti però, quanto pesa! Si sente che è centenaria".

La donna continuò a salire con minor slancio, contando mentalmente i gradini; passò nell'altro braccio l'alberello che esibiva pomposo le minuscole foglie, scintillanti come se fossero lucidate a cera.

Finalmente, arrivata al penultimo scalino, appoggiò il vaso davanti a sé, per avere le mani libere di cercare le chiavi e lo scavalcò, avviandosi ad aprire la porta di casa.

Fece scattare la serratura e si girò di nuovo, in tempo per vedere scomparire, ruzzolando lungo le scale, la pianta di gardenia, trascinata nella caduta del gradino di pietra, spezzato.

20

«Il gradino è stato tagliato con abilità, longitudinalmente, in modo da inclinarsi alla minima pressione operata sul marmo, facendo perdere l'equilibrio alla persona, che in quel momento, stesse salendo o scendendo le scale» dichiarò Stefano, rientrando nel soggiorno, dove Lavinia e Federico molto scossi, stavano commentando l'accaduto.

«Abito solo io, su questo piano» mormorò la donna, ancora incredula.

Federico versò un dito di whisky nel bicchiere di cristallo e lo porse all'amico.

«Bevi, farà bene anche a te» invitò.

«Oggi pomeriggio, quando sei venuta a trovarmi alla Centrale, hai detto che ti sentivi pedinata».

«Sì, da qualche giorno ho questa sensazione, ma si tratta di un'impressione indefinita, non sono in grado di fornirti ragguagli precisi, altrimenti te ne avrei parlato».

Stefano annuì bevendo un sorso, mentre Federico racimolava alcuni granelli di osservazioni, stipati nella memoria, che lo avevano colpito negli ultimi tempi, decidendo quindi di intervenire nella conversazione.

«Una 500 grigia sosta da un paio di settimane, davanti alla mia galleria, a piazza Mignanelli: sempre e soltanto, quando c'è Lavinia» informò, vincendo la riluttanza.

«Perché non me lo hai detto?» si stupì lei, sollevandosi dallo schienale del divano.

«Pensavo fosse un ammiratore: gira spesso anche sotto casa tua» rispose l'uomo, in tono volutamente sbadato.

«Che sciocchezza!» protestò irritata la donna.

«Lo hai visto in faccia?» s'intromise Stefano, temendo che il discorso degenerasse, prendendo una piega inconcludente, ai fini dell'indagine.

«Solo di sfuggita, purtroppo! Mi è sembrato giovane e so che Lavinia non ama i ragazzini».

Lei lo ignorò, offesa, sprofondando di nuovo nei cuscini, mentre il funzionario insisteva: «Può trattarsi di una pista importante, forse una prima traccia: c'è senz'altro una connessione, potrebbe aver ricevuto l'incarico di tenerla sotto controllo o addirittura essere l'attentatore».

«Perciò ne ho parlato» ammise Federico malvolentieri, «Intendo collaborare, però non posso fornirti l'identikit».

«Lavinia è in pericolo» concluse Stefano.

Federico non aprì bocca, suscitando la risatina ironica di lei che, apprezzando l'autocontrollo del suo compagno, gli lanciò un *grazie* provocatorio.

«Di cosa lo ringrazi?» si sorprese il funzionario, guardandoli.

«Per non aver aggiunto: l'avevo avvertita. Anche se lo ha pensato» spiegò la donna.

Federico si alzò e andò verso il bonsai, recuperato dopo la rovinosa caduta sul pianerottolo inferiore: la pianta aveva il ramo più grande piegato, ma la sottile armatura di rame che lo ingabbiava e la protezione del cellophane, avevano attenuato i danni. Il vaso invece, era andato in pezzi: le radici erano riuscite a drenare la zolla di terra, resa compatta dall'acqua e dal fertilizzante; ora poggiava provvisoriamente in una bacinella di terracotta. La gardenia avrebbe avuto bisogno di tempo, per superare il trauma.

Come loro.

Stefano interruppe il silenzio, intervenendo con voce alterata: «Purtroppo, non potrò esserti utile, Lavinia: stasera sono stato sollevato dall'incarico».

La dichiarazione la lasciò di stucco.

«Perché, cos'è successo?».

«Ordini superiori».

«Vuoi spiegarti meglio?».

«Il padre di Ornella».

Lavinia e Federico si guardarono sconcertati, poi lei comprese.

«È gelosa?».

«Deve aver intuito che, dietro al mio interesse professionale per Francesca, c'è dell'altro. Sapete bene entrambi che, se ho fatto carriera in tempi relativamente brevi lo devo alle buone amicizie politiche del padre. Adesso, ritira l'appoggio, a causa della freddezza tra noi».

«È ridicolo, tu sei in gamba, a prescindere da valutazioni opportunistiche» si ribellò lei.

«Considerazioni ingenue e marginali» tagliò corto Stefano.

«Se le pressioni fossero venute da qualche altra parte?» suggerì Federico. I due si fissarono, poi l'amico riprese: «Il caso Elpidi è sul mio tavolo da quasi due mesi e non sono ancora venuto a capo di niente. Questo è un fatto».

«Hai interrogato il padre di Paolo?».

«Lo hanno fatto i colleghi di Ascoli Piceno: è di loro competenza».

«Però ha ragione Federico: un sopralluogo sarebbe interessante».

«Era mia intenzione andarci, per avere in seguito un confronto con Francesca, ma ora ho le mani legate. In veste ufficiale, non posso condurre le indagini. Questo non significa che intenda abbandonarle» spiegò, fissando Lavinia.

«Non metterle altre idee in testa» s'intromise il suo compagno in quello scambio di sguardi cifrato, «È già abbastanza pericolosa al naturale».

«L'iniziativa è stata tua, caro» sottolineò lei soave, soddisfatta della svolta che avevano preso gli avvenimenti.

«Non posso chiedertelo, senza offrirti un'adeguata copertura» obiettò Stefano, tirandosi indietro.

«Con una 500, non sarà in grado di seguirmi fuori Roma. Chi vuoi che sospetti di me?».

Federico alzò gli occhi al cielo, chiamandolo testimone dell'evidente incoscienza.

«Dobbiamo sapere chi è, al più presto» insistette l'amico, «ne va della tua incolumità. Tu potresti darci una mano, per identificarlo?».

«Domani segnerò il numero di targa della macchina» assicurò l'uomo rassegnato, «E c'è un fatto singolare, di cui mettervi al corrente. Forse, si tratta di una casualità ininfluente...».

L'attimo di sospensione, acuì la curiosità dei due attentissimi interlocutori.

«Ho scoperto che il cognome di Francesca, anagrammato, corrisponde a *Strega*» la sconcertante rivelazione, colpì entrambi, «Questo getta a mio parere, una luce nuova sulla faccenda. Se si trattasse di maniaci superstiziosi?».

«E che legame ci sarebbe con la morte di Paolo e di Marcello?» ragionò Lavinia, ammirata per l'acuta osservazione.

«Potrebbero essere stati coinvolti, loro malgrado, in qualche macchinazione, attinente alla sfera dell'occulto, legata al furto della moneta. È un'ipotesi da considerare» commentò Stefano.

«Può darsi che il dato sia irrilevante» continuò Federico, «ma non mi sentirei di escluderlo o scartarlo a priori. In un certo senso, sarebbe tutelata».

«In che modo?».

«Se avessimo a che fare con degli esaltati, le garantirebbe una sorta di incolumità, data dal timore verso un mondo incomprensibile ai non iniziati. Non si scherza con i poteri soprannaturali: i fanatici si tengono a distanza e ne hanno reverenziale rispetto. Come gallerista, io di collezionisti ne conosco tanti: per arricchire le loro raccolte sono disposti a molto, non a tutto».

«Francesca non è all'altezza di sopportare il peso di una tale responsabilità» rilevò l'amico.

«Sono d'accordo» asserì Lavinia, «E, per inciso, non mi pare abbia facoltà paranormali o doti medianiche».

«Rimane il fatto che è esposta e occorre sorvegliarla» concluse il funzionario di polizia. Si alzò e tese la mano all'amico: «Grazie. Se riuscissi a portare avanti l'indagine... capisci cosa significherebbe per me?».

«Conta su di noi, senza troppe illusioni, mi spiego?».

«Questa battuta è per me» chiarì sorridendo Lavinia, salutando Stefano.

Federico accompagnò l'ospite alla porta e rientrò nel soggiorno; la donna immobile vicino al bonsai ferito, si girò sentendolo rientrare e mormorò mortificata: «Mi dispiace per la gardenia».

L'uomo la strinse a sé con impazienza: «Ti dispiace per la gardenia! È il minimo che tu possa dire».

Lavinia lo baciò, prima di sussurrare: «Buon compleanno».

«La prossima volta, cerca d'inventare festeggiamenti meno originali, *Miss Kilt*».

Gli occhi di lei sfavillarono in modo poco rassicurante, ma senza lasciarle il tempo per una risposta adeguata, Federico la sollevò con decisione, imponendo: «Ne parleremo dopo».

E Lavina circondò il collo dell'uomo con le braccia, senza trovare nulla da obiettare.

21

"Federico è in pericolo, se lo sono io".

Il peso delle riflessioni, che stavano turbando il corso del viaggio, le provocò un motivato senso di colpa.

"Rischio la nostra incolumità, non so dove ci condurrà questa ricerca; è soltanto orgoglio, unito alla presunzione di arrivare a risolvere un caso, bruciando i professionisti sul traguardo? Sull'altro piatto della bilancia, c'è il desiderio di capire come sia possibile, e facile, uccidere: colpire, avendo per obiettivo, in apparenza il nulla".

La fitta di un sottile dolore, mai rimosso, serpeggiò nel profondo del suo animo: nel mare dell'esistenza, riaffioravano come alghe morte, frammenti del passato, scacciati con vigore.

"Non è per quella vecchia storia su mia madre, che m'interesso a Francesca. Però, ogni volta che m'imbatto in un comportamento criminale, non so restare indifferente. Qualcosa in me, si ribella".

Con gesti attenti, Lavinia assecondava la strada piena di curve, procedendo nella giornata ventosa, rischiarata dal sole che scaldava l'aria, non il cuore.

I monti Sibillini le venivano incontro, appena spolverati di neve, a contrasto dei folti boschi di faggi e castagni, interrotti da ripide pareti, anfratti e crepacci.

Travertino e tufo, a testimoniare la natura vulcanica del territorio; cenere di lava, lapilli e detriti spianati per rendere agibile la Salaria, remoto tratturo dei pastori, che svernavano nella campagna romana.

Lavinia rallentò, colpita dall'odore di acqua sulfurea e più ancora da un antico ponte a un'unica campata: il ricordo di quanto aveva letto, prima di mettersi in viaggio, le tornò alla mente.

La leggenda vuole che a costruirlo, in una sola notte, sia stato Cecco d'Ascoli, comandante del lago di Pilato, sul monte Vettore, aiutato dal diavolo in persona. Il ponte sul Garrafo e l'odore di zolfo, più del cartello segnaletico, le indicarono che era prossima ad Ascoli Piceno. Era arrivata al luogo dell'appuntamento.

Entrando ad Acquasanta, parcheggiò davanti al bar sulla piazza, per un caffè ristoratore e fece due passi, tanto per sgranchirsi le gambe, in attesa del padre di Paolo Elpidi, Mauro.

All'interno del locale, il gestore era tutt'altro che loquace: nel paese, i *forestieri* erano accettati d'estate con cortese ospitalità, per le cure termali, negli altri periodi venivano accolti da una scostante diffidenza.

Lavinia si affacciò dal parapetto che sovrasta il letto torvo del Tronto irruento: in basso, sul greto del torrente, alcune donne stendevano lenzuola candide; in alto, il Pizzo dell'Arco, dal quale sgorga la polla d'acqua curativa, elevava orgoglioso e arcigno, la propria cima, paragonata a seggio reale. Acquasanta era silenziosa, profumava di biscotti d'anice.

Con un brivido di stanchezza e di freddo, la donna camminò lentamente verso un portale bugnato, aperto sul corso principale e controllò l'ora: mezzogiorno.

Lo confermarono le campane della parrocchiale in cima al borgo, di cui vedeva spuntare tra le case più alte, il campanile di travertino.

Lavinia aveva ancora il naso in aria, quando un signore di mezza età, sceso da un'Alfa rossa, si avvicinò, presentandosi: «Mauro Elpidi».

Si strinsero la mano in un saluto cordiale e sbrigativo, poi lui disse: «Deve scusare, signora, se ieri per telefono, le ho chiesto di incontrarla prima che arrivasse in Ascoli. Ho delle ragioni valide».

«Non ne dubito» rispose la donna, studiando il timbro della voce, dallo spiccato accento marchigiano.

«Vogliamo camminare o preferisce sedersi?».

«Andiamo verso il fiume, sembra tranquillo» propose lei, stringendosi nel pesante giaccone di lana blu e sistemandosi intorno al collo la lunga, soffice sciarpa scozzese.

Scendendo i gradini sconnessi, il padre di Paolo esordì, senza preamboli: «Entro subito in argomento, se non le dispiace: mi sento sotto controllo. L'incendio della mia cartiera è di origine dolosa, la polizia lo ha accertato e ha una traccia da seguire. Un uomo è stato visto aggirarsi nei dintorni dello stabilimento, il giorno stesso dello scoppio, ma nessuno lo ha avvicinato. Era a bordo di una Croma grigia metallizzata, targata Roma».

«Ha un'idea di chi possa avere interesse a danneggiarla?».

«Se avessi avuto dei sospetti, avrei fatto nomi e cognomi» asserì l'industriale, con piglio deciso, «Purtroppo, non ho indicazioni di nessun tipo».

Le mani larghe e quadrate, rigiravano il cappello di feltro marrone, che non aveva più rimesso, dopo aver salutato Lavinia.

La curva ampia del viale asfaltato, conduceva alle terme, chiuse in quella stagione; un nero cane randagio, seduto al sole, mosse appena la coda, andando loro incontro. I due continuarono a scendere, sprofondati nelle riflessioni.

«Conosce il padre di Francesca, Clemente Gaster?».

«Poco. Tra le nostre famiglie, c'è una vecchia ruggine» ammise Mauro Elpidi.

«Secondo lei, è un movente sufficiente?».

L'uomo la fissò, sbalordito: «Non credo proprio! Che senso avrebbe? In affari non siamo concorrenti. Per vendetta? Sarebbe il colmo!».

«Neanche per scoraggiare la relazione tra i vostri figli?».

«Mia moglie non si è ripresa dal dolore e si sta curando in una clinica per malattie nervose; io mi sono trovato da solo, a fronteggiare una vicenda che non capisco, di cui non afferro il senso e sembra assomigliare a un incubo! Purtroppo però, è reale» riepilogò cupamente Elpidi, «Sono un uomo d'affari, ho la mente preparata per strategie aziendali, non mi ritrovo in un meccanismo così complicato, del quale mi sfugge il disegno. I ragazzi erano giovani, forse la storia sarebbe finita ugualmente: che motivo c'era, di uccidere mio figlio?».

L'acqua del Tronto gorgogliava glauca tra i massi bianchi, che affioravano dalle rive vicine. I due si fermarono accanto a uno steccato e Mauro chiese a Lavinia: «Qual è il suo ruolo nella vicenda? Al telefono è stata vaga».

«Sono incaricata delle indagini».

«Da parte di chi?».

«Dalla polizia: in modo informale» aggiunse con giustificabile scrupolo.

L'uomo la fissò, incerto: la luce diretta colpiva il viso della donna, mettendo lampi di sole nei corti capelli fulvi e impallidiva il viso sottile. Dietro le lenti azzurre, filtrava lo sguardo intenso. Le mani senza guanti, strette intorno al bavero del giaccone, in un gesto freddoloso, le davano un'aria indifesa.

Eppure, dall'insieme, si trasferì in lui una forza che lo convinse.

«Signora, io desidero venire al più presto a capo di questa disgraziata faccenda, che ha colpito la mia famiglia, per difenderla, assicurando alla giustizia i colpevoli della morte di Paolo e del suo amico Marcello. Sarà forse un lavoro lungo, certo delicato» Mauro Elpidi tirò fuori una busta formato americano, dalla tasca del cappotto cammello e la tese alla stupefatta Lavinia, «ho preparato un assegno circolare, intestato a lei, lo consideri un acconto».

«Ma io…» protestò imbarazzata la donna.

«Se arriverà a scoprire chi c'è dietro l'intrigo, le salderò la parcella. Mi manderà la fattura in seguito. Intanto, accetti l'anticipo per il tempo che sta dedicando al caso e le spese che dovrà sostenere» concluse, pratico.

"Questi marchigiani, probi e onesti esattori dello Stato Pontificio, ligi e fedeli al papa re, non si smentiscono" pensò la donna, colpita, rigirando la busta bianca tra le dita, ancora incerta, mentre Mauro Elpidi continuava nel tono sbrigativo dell'uomo d'affari.

«Dentro ci sono gli indirizzi che mi ha chiesto: so che vuole fare un giro in Ascoli. Domani mi troverà in ufficio. Potrà visitare la cartiera, se lo riterrà opportuno».

«D'accordo».

«Io sarò a sua disposizione. Ora mi scusi, ma ho un appuntamento all'una ad Arquata, a pochi chilometri da qui. Risaliamo?».
Lavinia assentì, infilando la busta in tasca.
Le esitazioni, i ripensamenti, passarono in secondo piano: aveva ottenuto la fiducia del padre di Paolo e un regolare ingaggio.
Non era più una dilettante.

22

Francesca armeggiò con il motorino nel viale d'accesso privato della casa della nonna, rallentando sulla ghiaia lucidata da una spruzzata di pioggia, che la rendeva pericolosamente viscida e frenò con dolcezza, davanti al portone chiuso. Parcheggiando, si girò per fare un cenno di saluto a Viviana e Shahin, i due amici che l'avevano accompagnata fino al cancello e attendevano che entrasse, prima di ripartire. Cercò in tasca le chiavi e s'infilò nell'androne rotondo, dove un'ampia scala circolare girava, salendo fino al quarto piano. Le ombre della balaustra fine secolo, in ferro battuto, si proiettavano sul muro, tappezzato di carta da parati celeste, sbiadita dal tempo.

Il portiere aveva chiuso la vetrata della porta, dalla quale controllava il grande ingresso, probabilmente era già andato via. Non si fermava a dormire nel palazzo, da quando la moglie era stata ricoverata in ospedale e la ragazza pensò che l'indomani avrebbe dovuto chiedere notizie di Rosa.

Con una certa sorpresa, osservò che la luce era insolitamente bassa.

L'illuminazione era assicurata, in parte da una *Vittoria* alata sulla prima balaustra, con una torcia a foggia di fiamma, nella mano destra; per il resto, era diffusa da candelieri elettrici alle pareti, che quella sera sembravano scarsamente alimentati.

Francesca si diresse verso l'ascensore a giorno, ricavato nella parete di fondo, notando che la porta era semiaperta; entrò, accostando con cura le ante dai vetri smerigliati e impiombati a losanghe gialle. Schiacciò l'ultimo pulsante, appoggiando un ginocchio sulla panca di velluto color granato, sistemata sotto la lastra fumé rettangolare e lanciò un'occhiata allo specchio.

Con un brusco sobbalzo, l'ascensore si fermò.

Spaventata, Francesca afferrò la maniglia e tentò di aprire: con un'esclamazione di paura, si rese conto che la cabina era rimasta bloccata a metà del terzo piano, precludendole l'uscita.

La ragazza, sebbene non soffrisse di claustrofobia, nel trovarsi intrappolata, fu travolta da un'ondata di panico. Le mani gelide, sudate, il cuore a mille, un'oscura sensazione di pericolo le chiuse la gola.

"Suonerò il campanello dell'allarme: qualcuno verrà a liberarmi".

Rinfrancata e cercando di dominarsi, si girò verso la pulsantiera: un'ombra si proiettò all'interno dello stretto abitacolo, dalle scale, di cui vedeva alcuni gradini e sollevata chiamò: «Per favore, può aiutarmi a uscire? Sono rimasta bloccata» spiegò nervosamente.

I piedi si fermarono all'altezza del suo sguardo e una risata gutturale scese su di lei, implacabile come una pioggia acida.

«Potrei tagliare i cavi che sostengono la cabina e precipiteresti nel vuoto. Forse non moriresti subito, certo ti faresti molto male».

Francesca era paralizzata dal terrore e respirava a fatica; onde confuse agitavano il suo cervello, mettevano burrasca nei pensieri sconnessi.

«Dov'è *La Signora delle Perle?*» chiese ruvidamente la voce dell'uomo.

La ragazza non riusciva ad articolare parole, tanto meno dare risposte: stringeva i denti, per impedir loro di battere e sentiva le tempie martellare scomposte.

«Non avrai altre occasioni» minacciò la voce in sordina, «Se fra una settimana non mi consegnerai il simbolo sacro, finirai bruciata come una strega».

Francesca si aggrappò al corrimano di stoffa, per tenersi in piedi; un ronzio confuso le precluse ogni altro suono, ombre nere le sfarfallarono davanti agli occhi e il respiro sembrò mancarle.

Avvertì un brusco strappo ed ebbe l'impressione che il pavimento si fosse aperto sotto i suoi piedi, prima di precipitare in un vortice buio, quasi con sollievo, senza più
dolore o angoscia.

23

"Non verserò l'assegno in banca, finché non troverò un indizio" promise a sé stessa Lavinia, rigirando tra le mani la busta consegnata da Mauro Elpidi, poche ore prima.
L'obiettivo da raggiungere era chiaro. Molto meno, come attuarlo.
Adesso, arrivata in Ascoli Piceno, era seduta a un tavolino del *Caffè Meletti*, ammirando lo spazio delineato dai banconi di noce bionda e dagli scaffali carichi di dolciumi; osservava con l'attenzione professionale che le era solita, le due colonne di legno, col capitello ricco di volute floreali, scandire la divisione del soffitto, dal quale scendevano lattei globi opalini.
E sulla pigra pace, che testimoniava un tranquillo, solido benessere non ostentato,

fluttuava l'inebriante aroma dell'anice, distillato per la preziosa anisetta, secondo l'antica ricetta tramandata nel tempo.

Rinfrancato lo spirito e il corpo, per Lavinia si presentava il problema di iniziare le indagini in modo razionale: impresa ardua, nonostante l'ottimismo di base.

Avrebbe cominciato dalle tipografie che utilizzavano il materiale della cartiera Elpidi.

Scostò la seggiolina di paglia di Vienna e uscì in piazza del Popolo: il palazzo dei Capitani coronato dalla torre medievale merlata, proiettava la propria ombra sul selciato lucido. Lavinia con la piantina topografica in mano, si diresse verso il severo edificio, fiancheggiato da costruzioni con porticati cinquecenteschi.

Svoltò in una strada laterale. Dal movimento di persone con buste e sacchetti carichi di spesa, dedusse che doveva essere in prossimità di un mercato, vicino alla strada cercata; proseguendo, arrivò a un loggiato. Tra le arcate del chiostro bramantesco, banchi di frutta e verdura erano sistemati in un recinto, sovrastato dalla cupola di San Francesco.

Seguendo la guida, Lavinia superò il mercato ancora frequentato, nonostante fosse ora di pranzo e si addentrò in una stradina buia e fredda: gli alti palazzi la privavano della luce del sole, consentendo un'esclusiva al vento, signore indiscusso, che portava l'unico soffio di animazione nel vicolo.

Un rumore costante e ritmico, attrasse l'attenzione della donna: si avvicinò a un portoncino di legno accostato, con il battente invaso da verderame, avvertendo un odore sgradevole, di colla di pesce.

"Tipografia" lesse nel cartello scolorito, appoggiato di sghembo a un'inferriata, sul primo ordine di finestre al pianterreno: *"Si rilegano libri, si eseguono partecipazioni di nozze, su carta a mano"*.

Era uno degli indirizzi della sua lista.

Spingere il battente consunto ed entrare fu tutt'uno per Lavinia, senza aver riflettuto se l'alibi scelto per la propria intrusione, avrebbe funzionato.

Un campanello elettrico petulante e stonato, venne azionato dall'apertura della porta: la donna si trovò su un piccolo pianerottolo, illuminato da un tubo al neon azzurrognolo a forma di freccia, che indicava una rampa di scale.

Mentre scendeva, appoggiando due dita al corrimano di legno, annerito dal tempo e con evidenti tracce di umidità, comparve sul fondo un uomo anziano, alto e magro, dall'aria ascetica, che indossava un camice nero.

Con voce cortese, avvertì: «Attenzione, l'ultimo gradino è rotto».

Lei gli sorrise, arrivando in fondo indenne ed esordì: «Buongiorno, sono Lavinia Luni, dell'Istat. Vengo da Roma per un rilevamento sui tipi e la qualità di carta, più impiegati nella regione».

Lui la scrutò perplesso; alla luce fosforescente, i capelli della donna sembravano fili di rame e la pelle trasparente del viso, ravvivata dall'aria, era alabastrina. Gli occhi, color delle foglie d'autunno, sorridevano accattivanti. L'aspetto seducente e, al tempo stesso determinato della visitatrice, strappò il consenso del titolare che si fece da parte e la invitò a entrare in un vasto stanzone, dove alcuni ragazzi cucivano i dorsi dei libri da rilegare.

Risalirono il locale: sul fondo, una macchina che stampava con caratteri a piombo, aveva davanti un vecchio compositore, arrampicato su uno sgabello di ferro a treppiedi, mentre un giovane sistemava su un tavolone di legno grezzo, bozze di stampa.

Oltrepassata la soglia, una porta immetteva in un ambiente simile al primo: da una vetrata si entrava invece in un bugigattolo stretto e lungo, ingombro di carte e pubblicazioni, che straripavano dagli scaffali, seppellendo il piano di una scrivania monumentale, sulla quale spiccava un apparecchio telefonico nero, di foggia antiquata.

Sgombrando una vecchia seggiola di legno, per far sedere l'ospite, lui chiese cortesemente: «Ci si ricorda della *Marca Negletta* per un'inchiesta?».

«Marca negletta?» s'interessò Lavinia, sollevata dall'evidente disponibilità dell'uomo.

«La definisce così Sibilla Aleramo, scrittrice del primo Novecento: è morta a Roma trent'anni fa, nel '60».

«Non credo di aver mai letto niente di suo» confessò in tono di scusa.

«Ha scritto libri interessanti: nell'anniversario del migliore, *Una Donna*, abbiamo rilegato qui diverse copie, per la nostra biblioteca. Le Marche sono una regione rimasta immutata nel volgere dei secoli, purtroppo trascurata» concluse con rammarico.

«Certo influisce la posizione geografica, chiusa tra i monti, con strade non di grande scorrimento» convenne Lavinia, colpita dal tono appassionato.

«Eppure, è una terra che ha dato al mondo personaggi insigni: Bramante, Raffaello... dovrebbe essere maggiormente valorizzata. La vostra iniziativa a cosa mira?».

«Ecco» lei era imbarazzata e si costrinse a superare lo scoglio, consapevole che avrebbe deluso l'interlocutore, «non è un discorso turistico, né promozionale, bensì documentaristico: devo rivolgerle alcune domande di carattere tecnico».

«C'è un questionario da riempire?» s'informò il proprietario, estraendo da una tasca del camice un paio di grosse lenti, incorniciate da una montatura nera.

«No, prenderò appunti io» si affrettò a dichiarare la donna, «i dati verranno elaborati da un computer».

«Capisco» affermò lui, appoggiando gli occhiali. Lavinia esibì un blocco quadrettato, sul quale calcolava le dimensioni delle opere da restaurare e, con il tono più professionale che sapesse inventare, chiese: «Qual è la provenienza della carta usata?».

«La Cartiera Elpidi: è della migliore qualità».

«Sono state apportate variazioni, nel corso degli anni?» continuò compunta la donna.

«Poche modifiche: i procedimenti rimangono artigianali, come quelli di altre fabbriche della zona e alcune cartiere di Amalfi».

«I prezzi sono omogenei?».

«Più o meno. Non esiste concorrenza, su materiale così specifico: ognuno ha il proprio spazio. C'è una distinzione maggiore sulla qualità dei biglietti d'invito o da visita. Contano molto la grana e il peso».

Lei annuì, seria e concentrata, aggiungendo: «Ha qualche campione da mostrare, che possa allegare al fascicolo in preparazione?».

L'uomo si alzò servizievole e da una mazzetta di fogli, tenuti insieme con una catenella, trasse tre cartoncini: uno bianco, uno grigio, l'altro crema.

«Li guardi in controluce: ognuno ha un marchio che li contraddistingue: su questo è impresso un torchio, quello grigio ha un veliero e nell'ultimo, si indovina una ruota».

«Sono della produzione Elpidi?».

«Sì».

«Sul grigio c'è scritto qualcosa, intorno al disegno».

Incuriosita, tentava di decifrarne i caratteri. L'uomo sorrise e mille piccole rughe risero con lui.

«Non riuscirà a leggerlo: è in sanscrito».

Lavinia lo fissò, sconcertata.

«Conosce quella vecchia lingua?».

«È un sacro idioma indoariano» chiarì il dotto interlocutore, in tono sommesso e confidenziale, che creò d'improvviso, un'atmosfera misteriosa, «La forma più antica risale al secondo millennio a.C. ed era usato nei *Veda*, le scritture indù base della tradizione braminica e del sistema filosofico derivante dai testi sacri, chiamato *Vedanta*».

L'antro polveroso e buio, sembrò illuminarsi di cento fiaccole, accese per onorare divinità arcane, evocate dal sussurro rispettoso, mentre l'uomo proseguiva, indicando il simbolo impresso nel cartoncino: «Si tratta di una dottrina esoterica, fondata sul dissolvimento dell'*io* individuale, riversato in quello universale, che consente all'essere umano, il raggiungimento della Verità Suprema».

Lavinia si sentì trasportata in una dimensione dove prendevano forma ipotesi, che sfuggivano alla sua comprensione.

Stringendo fra le dita il sottile prototipo grigio, riuscì ad articolare una domanda con senso compiuto, fra le tante che le si affastellavano confuse alla mente: «Qual è il significato della frase?».

«*La Signora delle Perle*» sorrise lui, imperturbabile e serafico, come un vecchio maestro che svela un concetto misterioso, a un discepolo non iniziato.

«E cosa significa?» riuscì a dire lei.

«È tratto da un antico *mandàla*, il disegno attira emanazioni magiche e forze occulte. Simboleggia il Cosmo: il centro è energia; il perimetro esterno, la barriera protettiva contro il prevalere di influssi negativi».

«È un'allegoria spirituale».

«Possiamo definirla anche così» approvò lui.

«Come mai conosce questa materia?» mormorò sconcertata Lavinia

«Sono uno studioso, sia pure in modo dilettantesco, di esoterismo: in provincia si ha più tempo, da dedicare alle proprie passioni» spiegò gentile, sorpreso dall'evidente turbamento della donna.

«E il disegno, da dove è stato ricavato?».

«Purtroppo, non sono riuscito a saperlo. Sarebbe piaciuto anche a me confrontarlo con l'originale.

Ho avuto dal dottor Mauro Elpidi solo il calco, della *Signora delle Perle*. Da segni inequivocabili, ho dedotto che si trattava di un *mandàla*».

Lavinia deglutì, tanto aveva la bocca secca: «È possibile vederlo?».

«Mi dispiace. Lo ha ritirato il figlio Paolo, personalmente».

L'enigma, diventava rebus.

24

Giunone fissava i verdi occhi metallici sulla giovane donna seduta nella poltrona, foderata a righe azzurre e gialle: la gatta sembrava affascinata dal movimento ritmico del piede, calzato con morbide ballerine color senape. Le gambe scoperte fino a metà coscia da una stretta minigonna di camoscio zafferano erano, se non spettacolari, comunque capaci di calamitare lo sguardo e inchiodarlo.

Di quell'avviso doveva essere il sospettoso felino, che sventolava con nervosismo, sempre unito a una grazia congenita, la folta coda nera; sospeso sull'alto di una mensola, tra una coppia di vasi di Limoges, traeva interessanti deduzioni, mentre Federico, rientrato dalla cucina studiava

Viviana, cercando con molta buona volontà, di trovare un senso all'inattesa visita.

«Vuole un'altra Coca?».

«Sì, grazie, ma mi dia del tu per favore, dottor Mètes» invitò l'affascinante creatura, con una voce nella quale predominavano toni così bassi e caldi, da far accapponare la pelle.

«D'accordo» accettò lui, con forzata disinvoltura, «se può servire a metterti a tuo agio e a spiegare il motivo di questa inaspettata presenza qui, stasera».

«È tanto difficile da capire?» mormorò lei, con accento di sincero rammarico.

Se la trovò davanti; l'impressione di essere calamitato in un campo di attrazione, verso il quale veniva irresistibilmente divorato, fu palpabile quando il loro respiro si mescolò precipitoso.

La spinta di un desiderio primordiale, li avvolse in una spirale vorticosa.

Giunone, dall'alto della mensola, spiava quel contorcimento convulso, con un'ardente fiamma di gelosia nelle pupille verdi.

Non erano i mugolii di cui conosceva il significato a infastidirla, quanto l'estranea che si era introdotta in casa sua. Di lei, non le piacevano le mani: gelide, l'avevano accarezzata con finto apprezzamento, senza slancio o partecipazione.

Meglio l'altra, come rivale.

Allegra, affettuosa, premurosa.

Un gridolino stizzoso di disappunto, fece allontanare la gatta al colmo della soddisfazione, verso il basso tavolo di cristallo.

«Mi ha graffiata» si lamentò la ragazza, massaggiandosi la caviglia, dove la smagliatura della calza correva veloce verso l'inguine.

Federico prese una boccata d'ossigeno. *Miss Veleno* era travolgente.

«Sono mortificato» si scusò, cercando di tornare in possesso delle proprie facoltà, «Giunone non è mai aggressiva, pur non potendo definirsi socievole. Non capisco cosa le sia preso».

Il subdolo felino, continuò a leccare guardingo, il manto color carbone, tenendo d'occhio i movimenti del padrone e sfidando lo sguardo di odio della vittima, furiosa dell'interruzione, che rischiava di compromettere i suoi piani per la serata.

«Finisci di bere, Viviana, poi ti accompagnerò a casa. È tardi».

«Non mandarmi via, non ancora» mormorò lei, pilotando la mano riluttante dell'uomo, contro il seno libero, rivelato dalla maglietta aderente, «Sono sola a Roma».

«C'è Francesca».

«Ti pare la stessa cosa?» obiettò la ragazza, in modo inequivocabile.

«Ho superato l'età per giocare con le adolescenti» si schernì l'uomo, deciso a troncare l'adescamento.

«Non mi vuoi o non ti piaccio?» finse di allarmarsi Viviana, consapevole del turbamento suscitato.

Federico la fissò eloquente e un sorriso vittorioso salì per gradi dal corpo alla bocca, agli intensi occhi cangianti di Viviana.

Le braccia di lui si strinsero intorno alla vita piena, scesero ai fianchi rotondi, sul camoscio vellutato e i baffi di Giunone vibrarono di sdegno, verso il groviglio sul tappeto, poi fremettero di soddisfazione.

«Lascialo squillare» impose lei, trattenendolo, ma l'uomo si tirò su e sollevò il ricevitore.

«Ciao! Tutto bene?» chiese l'ignara Lavinia, dall'altra parte del filo.

«Più o meno» fu la cauta risposta, «E tu?».

«Il viaggio non è stato inutile: ho raccolto un'informazione preziosa. Domattina, prima di tornare a Roma, vedrò il padre di Paolo. Avrò molte cose da raccontarti».

«Anch'io» assicurò lui, accarezzando meccanicamente i capelli lisci e sottili di Viviana, il mento appoggiato alle sue ginocchia.

«Mi aspetti per cenare insieme?».

«Certo».

«Perfetto».

«Lavinia, non viaggiare col buio».

«Tranquillo, verrò via presto. E comunque, se dovessi tardare, ti richiamo».

«Allora, a domani».

«Buonanotte».

Il suono che segnalava la fine della conversazione, riverberò nella stanza, insieme al miagolio della gatta.

«Sistemati Viviana, mentre mi occupo di Giunone. Non so che cosa abbia stasera, ma è insolitamente nervosa».

La ragazza si tirò su, furente: «Non è la sola» sibilò fra i denti.

Federico rise silenziosamente, cercando di rabbonire l'animale, che seguitava a sfuggirgli: la razza femminile andava sempre e comunque, presa per il verso giusto o erano noie a non finire.

«Chiamami un taxi, per favore».

«Ti accompagno io» offrì cavalleresco.

«Grazie, preferisco non rientrare in tua compagnia; potrebbe vederci qualcuno» spiegò Viviana frettolosa, con improvviso sfoggio di virtù.

«Come preferisci» l'assecondò sollevato l'uomo, componendo il numero del radio taxi, che dopo un attimo di attesa, comunicò: *«Pisa 24, tra due minuti».*

Lei annuì distratta, mentre si passava il fard sulle guance.

Federico seguì i gesti muliebri, sempre affascinato dalla magia che nasceva sul viso di una donna, con pochi abili tocchi di pennello, gloss per le labbra, spazzolino per le ciglia.

«Sono passati i due minuti?» chiese Viviana, con disinvolta naturalezza, alzandosi dalla poltrona.

«Ampiamente» assicurò Federico.

L'aiutò a indossare il voluminoso giaccone di volpe e la scortò alla porta. Lei lo guardò, cercando un saluto che esprimesse il rammarico per l'occasione scioccamente sprecata, ma un salto ben calcolato di Giunone, sulla panca all'ingresso, la distrasse.

«Oh, quell'orribile gatta nera! Dovresti liberartene» disse stizzita.

«La prossima volta, non ci sarà fra i piedi» promise l'uomo ironico, mentre l'animale soffiava indignato.

Viviana sorrise felice e lo abbracciò, prima di uscire.

Federico catturò l'indocile Giunone, che cominciò subito a fare le fusa, fra le sue braccia, con aria innocente e tenera. Lui tornò nel soggiorno e spalancò la portafinestra.

L'aria fresca della serata invernale, gli snebbiò la testa. Passata l'ubriacatura, si domandò perché mai quella diabolica ragazza, era venuta a provocarlo, ma era ancora troppo eccitato, per riordinare le idee e si diresse in cucina, seguito dalla guardiana fedele.

Nel salotto rimaneva, oltre al travolgente e sensuale profumo di *Miss Veleno*, una tangibile traccia del suo passaggio.

25

«Perché non mi avete avvertito subito alla Centrale?».

«Avrei voluto farlo, creda dottor Marchi, ma Francesca si è opposta» spiegò con evidente imbarazzo la contessa Giovanna, «Era sconvolta. Ieri sera, quando è rincasata, ancora tremante, ho pensato solo ad aiutarla a riprendersi».

«Com'è uscita dall'ascensore?».

«Lo hanno chiamato dal piano terra e l'inquilino che ha aperto la porta, ha trovato mia nipote svenuta, all'interno».

«Quindi» riepilogò Stefano, «l'attentatore, per uscire dal palazzo, avrà dovuto attendere che ognuno di voi fosse di nuovo nella propria abitazione».

«Può darsi» ammise la nobildonna, dall'aria visibilmente provata, «Non ci ho pensato».

«Ci sono altre uscite, oltre al portone d'ingresso?».

«No, a meno che non si passi per il terrazzo».

«Il suo?».

«Quello condominiale. Questa costruzione, come molte dei primi anni '20, non ha tetto; la copertura del fabbricato è appunto a terrazzo, dove si trovano le cabine idriche e i vecchi lavatoi».

«C'è un passaggio praticabile, verso l'esterno?».

«Non saprei» sospirò la nonna di Francesca, passando sulla fronte, un fazzoletto di fine batista, ricamato con le cifre, prima di rispondere con un certo sforzo, «Confiniamo con i palazzi vicini: da quello di destra, guardando l'entrata, si esce su via Arno, dall'altro, su piazza Mincio».

«È possibile dare un'occhiata, per un sopralluogo?».

«Certo, la faccio accompagnare» propose la padrona di casa, alzandosi dalla poltrona.

«La prego, non disturbi nessuno. Basta che mi indichi la strada».

«Salga la rampa di scale sulla destra: siamo già all'ultimo piano» spiegò l'anziana signora, camminando davanti a lui, appoggiata al bastone di ebano, il cui pomo d'avorio antico, aveva la forma affusolata di una testa di levriero.

«Potrei parlare con sua nipote, prima? La prego…». Non era una richiesta ufficiale, aveva un tono dimesso. Quasi accorato.

Giovanna fissò gli occhi chiari in quelli scuri e dolci di Stefano e, dopo una breve esitazione, avvertì, con una sfumatura di compassione: «È chiusa nella sua stanza da ieri sera. Non vuole vedere nessuno, non la riceverà».

La contessa non aveva bisogno di approfondire oltre i sentimenti del giovane funzionario di polizia: erano stampati sulla faccia seria, dall'espressione ansiosa, che andava ben al di là del semplice interessamento professionale.

Inutili i tentativi di far ragionare gli innamorati, lo sapeva per diretta esperienza, come sapeva che non si evita la sofferenza a chi ama, per quante astuzie si mettano in atto. «Venga con me» invitò, con rassegnata tenerezza.

Lui la seguì lungo il corridoio, rischiarato da una serie di ventagli di stoffa, sospesi a gruppi di tre alle pareti, aperte su un ambiente circolare, con un tavolo di marmo al centro, sul quale una capelvenere scarmigliata allungava i rami fragili e folti.

«Aspetti qui» disse la contessa, prima di sparire dietro una porta di mogano.

Stefano camminò nervoso, guardando senza vederle, le belle stampe inglesi appese ai muri; si fermò davanti a un meriggio estivo, cercando di concentrare i pensieri sull'indagine, che aveva assunto una piega imprevista e inquietante, finché il vetro del quadro non riflesse un raggio di luce, seguito dalla figura di Francesca.

Si girò di scatto temendo di vederla svanire, e se la trovò davanti, il corpo mimetizzato in una tuta verde, come le scarpe a fiorellini, il viso impenetrabile esibito senza un filo di trucco, i lunghi capelli trattenuti da un elastico e un gran paio di occhiali da vista, sul naso delicato.

«Non ho niente da dirle, ma la nonna ha tanto insistito» esordì la ragazza, senza la minima inflessione di simpatia.

«Non ti ho mai vista con gli occhiali» osservò lui, incongruamente.

«Io... in genere porto le lenti a contatto, stamattina non le ho ancora messe» spiegò lei disorientata, vedendolo per la prima volta come un essere umano.

Dal quale avvertiva un'ondata di caldo interesse.

166

Il fatto che all'improvviso fosse passato al tu e l'espressione del suo viso, la colpirono.

Imbarazzata, accennò a una delle poltroncine con la spalliera curvilinea appoggiate alle pareti e sedette, per sfuggire allo sguardo adorante.

«Francesca, mi hanno sollevato dall'incarico: il caso non è più di mia competenza. Non t'informo per suscitare la tua compassione e spingerti a collaborare, voglio confermarti l'appoggio necessario e affermare, una volta di più, che desidero aiutarti».

Dopo un breve silenzio, lei chiese: «Dov'è Lavinia? Ho provato a chiamarla tutta la sera».

«Dal padre di Paolo, in Ascoli».

«A fare cosa?» si stupì lei.

«Trovare indizi utili. Non vuoi uscire da questa situazione? Te lo chiedo per il tuo esclusivo interesse».

La ragazza fece un lungo sospiro impaziente, poi enumerò con voce monotona: «Non ho visto la persona che mi ha minacciata; parlava lentamente, quasi sussurrando» rabbrividì e si strinse gli avambracci, in un moto di terrore, con mani frementi, «Sono svenuta e quando ho ripreso i sensi, c'era il nostro vicino di casa, un signore anziano, sempre molto compito, sull'orlo di un collasso: è toccato a me confortarlo!» concluse con una risatina, più simile a un singhiozzo che allo scoppio di un'immotivata allegria.

«Era un uomo?».

«Sì».

«Ricordi le parole precise dello sconosciuto?».

Francesca studiò il volto di Stefano e capitolò: «Ha detto: dov'è la *Signora delle Perle*? Se fra una settimana non consegnerai il simbolo sacro, finirai bruciata, strega!».

Il funzionario di polizia si alzò e le andò vicino: le mise le mani sulle spalle e in tono protettivo, la rassicurò: «Si tratta senz'altro di un esaltato, non aver paura. Di solito, le minacce di tipi del genere, non hanno seguito. Questo non esclude la cautela».

Francesca annuì poco convinta, mentre lui si scostava, reprimendo l'impulso di stringerla a sé e confortarla.

«A che ora sei rientrata a casa?».

«Circa le dieci. Ero stata con Viviana e Shahin, il suo ragazzo. A mangiare una pizza, qui vicino».

«Ti hanno accompagnata loro?».

«Sì, fino al cancello prima del vialetto. Siamo rimasti a chiacchierare qualche minuto, poi ho lasciato il motorino e sono entrata nel portone».

«Hai notato qualche particolare, qualcosa di diverso rispetto alle altre sere?».

«No… sì, la luce dell'androne e delle scale: era bassa. Non è mai vivace, ma ieri sera era proprio fioca. E ho trovato la porta dell'ascensore accostata; questo è insolito, anche se alle volte, capita».

«Non sali mai a piedi?».

«Raramente».

«Conoscono bene le tue abitudini, a quanto pare, oppure hanno rischiato» rifletté Stefano.

La domestica spuntò in fondo al corridoio e avanzò verso di loro: porse due chiavi al funzionario, spiegando: «La più piccola apre la porta del terrazzo, con l'altra si entra nei locali dove sono i cassoni dell'acqua».

Stefano ringraziò e strinse la mano di Francesca, poi seguì la donna fino all'ingresso. Attraversò il pianerottolo, salì i pochi gradini e si trovò sullo spazioso terrazzo, spazzato da un forte vento di tramontana, che giocava a nascondino tra le antenne televisive.

Non ebbe bisogno di usare la grande chiave di ferro: la porta era manomessa, la serratura pendeva di lato.

Forse c'erano delle impronte: finì di smontarla con precauzione, svitando i due chiodi superstiti, con una moneta inserita nella estremità rotonda, arrugginita e spanata. Mise la ferraglia in un fazzoletto e l'infilò nella tasca del giaccone.

Entrò nell'ambiente lungo e stretto, rischiarato da finestrelle ovali, chiuse da un'intelaiatura, sulla quale numerose ragnatele avevano formato vaporose tendine e fissò il pavimento di mattonelle rosse.

Sulla polvere, resa compatta dall'umidità, le tracce di un passaggio recente: suole di gomma si disegnavano nitide, nella striscia di luce.

Si avvicinò ai cassoni di eternit grigio chiaro, messi in fila, l'uno accanto all'altro, con i corrispettivi degli interni segnati rozzamente davanti; controllò minuziosamente ogni angolo, senza rilevare niente, oltre ai passi sull'impiantito. Sul fondo, dove qualcuno doveva essersi seduto, la polvere mancava.

Aveva atteso lì il momento opportuno per filare.

Lo scrosciare continuo dell'acqua accompagnava i movimenti calmi di Stefano, che uscì fuori e si guardò intorno.

Nello stesso piano, in un abitacolo a parte, c'era il motore dell'ascensore. I tiranti erano a vista. L'attentatore lo aveva manomesso facilmente, poi era rientrato. Per non correre rischi, era passato sicuramente dal terrazzo a fianco: solo un parapetto separava le due palazzine.

Un rettangolo di carta, accanto al muro, attrasse l'attenzione di Stefano.

L'uomo si chinò a prenderlo: era il tesserino di una biblioteca.

Nessun nome, solo il numero di serie e l'intestazione dell'Istituto Culturale Spagnolo.

26

«Ai tronchi scortecciati, ridotti in pasta da una mola di pietra, si aggiunge la cellulosa pura, in quantità variabile, a seconda del tipo di carta che si vuole ottenere».

Lavinia guardava i macchinari, che trasformavano il legno in una bianca, densa massa molliccia.

«Questa parte della fabbrica, non è stata colpita dall'attentato?».

«No, il danno più grave è stato subito dal settore delle raffinatrici olandesi» spiegò Mauro Elpidi, «quelle dove si attiva la fase successiva, che consiste nell'aggiungere colla di resina, per rendere il prodotto in grado di ricevere l'inchiostro».

«Ha dovuto bloccare la produzione?».

«Per una settimana, sì: fortunatamente, intanto, siamo potuti andare avanti con il materiale da smaltire attraverso il depuratore, per i procedimenti di pulizia, l'asciugatura e gli aspi di raccolta, dove arriva il prodotto finito» concluse, a beneficio dell'interlocutrice, che incuriosita, osservava ogni cosa.

«Vogliamo tornare nel mio ufficio?» propose il padre di Paolo, che aveva considerato preciso dovere, in quanto padrone di casa, illustrare all'ospite i locali della cartiera, ma non intendeva prolungare oltre la visita, per non sottrarre tempo prezioso all'inchiesta.

Precedette Lavinia nel grande stanzone, dove era sistemato il suo quartier generale e la invitò con un gesto cortese, a prendere posto su uno sgabello di legno grezzo: il sedile più comodo di tutto lo spartano arredamento del locale, affacciato su Colle San Marco, tra boschi di querce e conifere, ai quali l'inverno asciutto regalava un colore intenso ma opaco.

«Come ha avuto il sigillo della *Signora delle Perle*?».

L'uomo la fissò, interdetto: «Non so di cosa stia parlando» assicurò, sincero.

«È il simbolo grafico che ha adottato, per un tipo di cartoncino, molto elegante, uscito di recente dalla vostra produzione. Rappresenta un veliero stilizzato. Da dove proviene?».

«Ah, quello! Sì, me lo suggerì Paolo».

«Il modello è ancora in suo possesso?» chiese ansiosa, la donna.

«No, gliel'ho restituito appena eseguito il calco, per la riproduzione. Sembrava ci tenesse molto».

«Sa in che modo lo aveva avuto?».

«Ma no!» rispose l'industriale, infastidito per l'insistenza di cui non capiva l'utilità. Tuttavia, conciso, raccontò: «L'estate scorsa, arrivò con una monetina di rame; aveva un disegno inciso su una facciata, difficile da evidenziare, però di una certa suggestione e di sicuro originale. Lo utilizzammo come nuovo logo, su carta raffinata e lo mettemmo in produzione. Un giorno capitò qui e la richiese con urgenza».

«Le disse per quale motivo?».

«Mi spiegò che non apparteneva a lui» replicò l'uomo, rassegnato a subire l'interrogatorio, a suo parere inconcludente, riordinando una mazzetto di fatture, sparpagliate sul tavolo.

«Quando accadeva?».

«All'inizio dell'autunno».

«Quindi, poco prima che venisse ucciso» concluse lei, scendendo impaziente e agitata dallo sgabello.

«Senta signora Luni, le indagini non sono il mio campo, però se potesse almeno spiegarmi cosa c'entra un pezzetto di rame, con la morte di mio figlio…».

«Ho motivo di ritenere che Paolo sia stato eliminato perché è venuto in possesso di quella moneta» asserì convinta Lavinia.

Mauro Elpidi la guardò smarrito e con un'ombra di diffidenza nello sguardo.

«Che legame può esserci? E cosa c'entra la mia cartiera?».

«Ho il compito di appurarlo: la pista parte dalla *Signora delle Perle*».

Il tono deciso impressionò e incrinò l'imperturbabilità dell'uomo, che fissò gli occhi di lei, brillanti come corniole.

«Quali interessi, magari non volendo, siete andati a toccare? È essenziale che io ne sia informata. Deve essere sincero con me, dottor Elpidi. La sua è un'azienda sana?».

«Abbiamo attraversato un momento critico, qualche anno fa» ammise di malavoglia l'imprenditore, evidentemente sulle spine, «Eravamo in perdita; gli utili non coprivano lo scoperto, nonostante i tagli drastici operati sui costi, conservando l'occupazione».

«E siete riusciti a tornare sul mercato?».

«Sì, con l'apporto di nuovi capitali».

«Un socio?» incalzò.

«Più di uno».

«Stranieri?».

«Ovvio» confermò l'uomo, «Non posso aggiungere informazioni supplementari, per motivi discrezionali, capisce? benché tutto sia perfettamente legale».

Lavinia, assentì mentre un pensiero si faceva strada in lei, e lo tradusse in una domanda: «Conosce il finanziere Eugenio Ulpia? Si è rivolto a lui?» incalzò.

Mauro Elpidi ebbe un'esitazione, breve, come una boccata d'ossigeno, prima di capitolare: «Sì».

«La *Signora delle Perle* appartiene a lui, fa parte della sua collezione. Francesca l'ha presa per gioco alla figlia di Ulpia, Viviana, compagna di stanza nel collegio svizzero. Paolo non ha attribuito nessuna importanza all'oggetto, tanto da consigliare a lei, in perfetta buona fede, di farne un marchio: questo ha scatenato la reazione del legittimo proprietario».

«Non vorrà farmi credere che sia stato Ulpia!» scattò Elpidi, «È una calunnia».

«Tutta la storia è assurda, almeno in apparenza, eppure la *Signora delle Perle* è una realtà che è costata la vita a due persone, Paolo e Marcello. Senza contare che Francesca è in serio pericolo e ha ricevuto minacce di morte».

«Come intende agire?».

«Rientrerò a Roma, oggi pomeriggio. Ho sufficienti elementi, da vagliare con calma. Farò prima una sosta a Castel di Luco: il suo custode mi ha detto che quel giorno, qui alla cartiera, c'era anche la moglie, venuta per accompagnarlo. La donna potrebbe aver notato qualcosa, mentre lui era in giro».

Lavinia si avviò decisa verso la porta, seguita dall'industriale perplesso.

«Se le tornasse in mente un particolare, in apparenza insignificante, me lo comunichi subito, al recapito che le ho lasciato» raccomandò la donna, stringendogli la mano.

«Non dubiti, mi manterrò in contatto» assicurò turbato il padre di Paolo.

Lavinia uscì di buon passo, avvolgendosi nel giaccone, mentre Elpidi tornava lentamente verso il tavolo di lavoro.

Si lasciò cadere sulla sedia, il viso stretto tra le mani tremanti mormorando: «Se ha ragione... Il mio povero ragazzo!».

Restò qualche minuto immobile, poi da un cassetto tirò fuori un'agenda e l'aprì all'ultima pagina. Sotto la lettera V, c'era un unico numero di telefono, accanto a un nome, *Villa Venus*.

Dopo una breve esitazione, alzò il ricevitore e prese la comunicazione, schiacciando il tasto rosso della linea esterna.

27

Lavinia si guardò intorno e frenando dolcemente, accostò la Mini alla proda erbosa, che precipitava nel Tronto. Una capretta scrutò la donna con aria diffidente, scuotendo la testa e agitando il campanello appeso al collo, prima di fuggire verso l'abitazione, poco lontana.
Lo scintillio tenace del sole, non mitigava il freddo intenso, che la investì con una folata, mentre scendeva dalla macchina. Cercò di orientarsi, anche se non era il suo forte: sopra la base circolare di Castel di Luco, poggiato come una torta nuziale su un poggio di travertino, ricamato dal capriccio del tempo, si aprivano strette finestre, a bocca di lupo, costruite per spiare il passaggio di intrusi.

"Dovrebbe abitare qui, se ho seguito bene le indicazioni del marito" rifletté Lavinia e, saggiando con un piede il terreno, decise di scendere sul greto, dove una donna era occupata a stendere il bucato, tra i ciottoli del fiume. Lenzuola candide schioccavano al vento, pronte a fuggire sulle acque turbolente, gorgoglianti tra mulinelli e macigni levigati. Un cane da pastore, pezzato bianco e marrone, avvertì la padrona dell'arrivo dell'estranea, che si fermò, a distanza di sicurezza.

«Buon giorno» salutò, «Cerco Giulia Diamante». L'interpellata sistemò nelle tasche della ruvida giacca di lana, le mollette di legno che teneva in mano e si avvicinò sospettosa, calmando con un gesto imperioso il brontolio del cane.

«Lei chi è?» indagò, tenendo fermo sotto il mento il fazzoletto di cotone rosso, che incorniciava un volto pieno e pacifico.

«Sono Lavinia Luni: sa indicarmi l'abitazione dei Diamante?».

«Da dove viene?».

«Da Roma».

«È sua la macchina bianca lassù?».

«Sì».

«Allora arriva da Ascoli».

«Sto tornando a Roma» spiegò Lavinia, reprimendo a stento l'impazienza che l'assaliva, per le domande indisponenti, «Conosce Giulia Diamante?».

«Cosa vuole da lei?».

«Senta, non sono qui per perdere tempo, ma per sapere dove trovarla».

«L'ha trovata, sono io».

Non seppe, sul momento, se ridere o infuriarsi.

Giulia intanto, si era girata per riprendere a stendere il bucato: asciugamani di lino, dalle frange lucenti, che assorbivano tutta la sua attenzione.

Lavinia la seguì e spiegò: «Sono stata alla Cartiera Elpidi, per indagare sull'incendio di qualche settimana fa...».

«Non se ne occupa la polizia?» interruppe l'altra, con indifferenza non simulata.

«È un supplemento d'indagine. Suo marito mi ha detto che il pomeriggio dell'incendio, lei lo ha accompagnato in fabbrica e si è trattenuta per un po'».

«È esatto» confermò la moglie del custode, «Ero andata in Ascoli dal dentista e ho aspettato mia cognata Regina, per tornare a casa con lei».

«Ha notato qualcosa d'insolito, nell'ambiente di lavoro?».

Gli occhi neri di Giulia fissarono quelli dell'interlocutrice, visibilmente ansiosa.

«Cosa vuol sapere?».

«Riteniamo che si sia trattato di un attentato: abbiamo bisogno di indizi, per individuare i colpevoli».

Giulia tirò su, da un catino di rame, un mucchietto di fazzoletti: li scosse tutti insieme, poi li stese a grappolo.

«Ha parlato con Elpidi?».

«Certo».

«E lui che ha detto?».

Nel tono non c'era curiosità, piuttosto interesse.

«Non ha saputo fornirmi nessuna indicazione utile».

«Strano» commentò la donna.

Lavinia sospirò depressa per l'infruttuoso colloquio, desiderando soltanto di risalire in macchina e rientrare al più presto a casa.

«Io che posso dichiarare? Era tutto regolare, come ogni giorno».

«Va bene, la ringrazio, scusi il disturbo» e la visitatrice si avviò lungo il sentiero, delineato dai ciottoli lucenti.

«Senta...».

Lei si girò e Giulia la raggiunse.

«Forse non è importante, ma quella sera, quando sono uscita per portare da mangiare a Buck, lì, dove ora c'è la sua macchina, ho visto un'auto ferma».

Lavinia la scrutò, attenta: la collaborazione improvvisa, che arrivava dopo tanta avarizia di parole, la insospettì. La moglie del custode, le mani sui fianchi, gli occhi socchiusi, proseguì tranquilla: «Era chiaro e si vedeva come in pieno giorno. Il guidatore è stato lì pochi secondi, poi è ripartito».

«L'aveva mai visto, prima?».

«Certo! L'ho riconosciuto subito: era Lucio Bruni, l'uomo di fiducia del dottor Ulpia».

«Perché non l'ha detto alla polizia?» chiese Lavinia sconcertata.

«Nessuno mi ha interrogata. E, in fin dei conti, non erano affari miei».

«Bruni frequenta abitualmente la cartiera?».

«Questo proprio non lo so. Non salgo spesso a Colle San Marco, però sono certa di non sbagliare. Lo avevo incrociato in Ascoli nel pomeriggio, prima di risalire allo stabilimento».

«Ha notato altro?».

«La montagna si è illuminata e mi sono distratta. Sembrava un fuoco d'artificio».

«...e invece era un'esplosione. La ringrazio Giulia, mi è stata davvero utile».

«Per tanto poco» si schernì burbera la donna.

Lavinia la guardò e le sorrise grata, tendendole la mano. L'altra esitò, poi strinse la palma morbida, contro la propria, ruvida e ferma.

«Buon viaggio» augurò imbarazzata.

Un rumore di ferraglia fece voltare ambedue e le tolse dall'imbarazzo: il cane aveva rovesciato la conca di rame, che cadendo fra i ciottoli, aveva prodotto un rumore assordante, ingigantito dall'eco.

Mentre Giulia accorreva a recuperare i panni finiti a terra, Lavinia guardò le lenzuola torcersi al vento.

Le sembrò di vedere una nave spiegare le vele e salpare su un mare di verde, pronta a fuggire alle affannose ricerche, di chi tentava di impedirle di prendere il largo.

28

Ornella era comparsa così all'improvviso davanti a Stefano, che l'uomo sussultò, sentendosi colto in flagrante.

In parte, da un certo punto di vista, poteva rispondere a verità.

E tale era di sicuro, l'idea della donna, che lo aggredì: «Ti stai coprendo di ridicolo!».

Lui la guardò, attraverso la fitta rete di pioggia che li separava, più di una cortina di filo spinato.

«Non intrometterti» replicò sgarbato.

Ornella lo fissò, incredula, poi cercò di infondere un tono persuasivo alle sue parole:

«Stefano, com'è possibile che tu ti sia ridotto così?».

«Si può sapere di cosa ti immischi? Fra noi due, una spiegazione c'è stata. Basta».

«E pensi di potermi mettere da parte, come se fossi un incartamento inutile oppure un fascicolo, caduto in prescrizione» ansimò la donna ferita, inclinando l'ombrello, dal raffinato disegno giapponese sulla cupola, «Sei stato con me, finché ti ha fatto comodo, mi lasci per correre dietro a una ragazzina, attirato da una storia torbida, oscura, che ha risvegliato in te istinti perversi».

«Avvocato, non sei in tribunale e qui non c'è il pubblico delle Assise, ad applaudire la tua forbita arringa» la interruppe brusco il suo ex compagno, «Ti consiglio di togliere le tende».

Lei strinse furibonda il manico del delizioso ombrellino, come se avesse tra le mani un'arma da scaricargli addosso senza pietà, per ottenere la giustizia dovuta ai propri sentimenti calpestati, e si controllò a fatica.

Fece mezzo passo indietro e sibilò: «Attento, non la passerai liscia: sai a cosa ti esponi, vero? La carriera compromessa, il lavoro danneggiato».

«Sono felice di aver scoperto in tempo, i lati positivi del tuo carattere» ribatté l'uomo esasperato dalle minacce.

«Non scherzare, Stefano, non sai di cosa sono capace!».

«Oh, me ne sono già reso conto! Mi hai fatto togliere il caso Gaster, si vocifera di un mio trasferimento a Campobasso, sei arrivata perfino a pedinarmi! Perché non sarai qui per caso, suppongo» commentò sarcastico, accennando al portone, dove tra pochi minuti, avrebbe visto comparire Francesca.

La pioggia scrosciò più violenta, mentre una saetta guizzava nel cielo plumbeo; Ornella si passò una mano tremante sui capelli castani, illuminati da sapienti colpi di sole: li sentì appesantiti dall'umidità, come se avessero perso elasticità, vigore.

E vita.

Non servivano le intimidazioni.

La partita era perduta.

Aveva voluto Stefano con tutte le forze, lo aveva inchiodato per anni alla loro storia, con mille astuzie e lusinghe, approfittando della disponibilità pigra della sua indole, per tenerlo legato a sé con i lacci della consuetudine. Era stata cieca, cosciente di esserlo e votata ad alimentare un fuoco che non era mai stato fiamma.

Adesso si tiravano le somme.

Il bilancio era paurosamente in rosso.

Un buco vertiginoso e incolmabile.

Abitudini consolidate, quieto vivere, da parte di lui, erano state spazzate via, cancellate da un sentimento che urlava il diritto alla felicità, in ogni gesto e atteggiamento, dell'uomo che amava.

Non le apparteneva più.

L'inerzia e l'acquiescenza di Stefano, accettando la presenza di Ornella nella propria esistenza, erano sommerse dalla voglia di cambiare, di agire, di dirigere altrove lo sguardo.

Lontano dal loro orizzonte comune.

Vide illuminarsi il suo volto e scansarla brutalmente.

Francesca stava uscendo dal portone e attraversava il vialetto, senza ombrello. Stefano si affrettò a raggiungerla.

"Non finirà così. La pagherai cara, questa deviazione" promise Ornella.

Avrebbe fatto il possibile, per rendere difficile il rapporto tra i due.

E anche l'impossibile.

Un inferno, come l'uragano che le scrosciava nel sangue.

Desiderava farli soffrire, con la stessa intensità del tormento che subiva.

Forse, avrebbe alleggerito l'incontenibile dolore con la vendetta, si consolò, risalendo in macchina, mentre Stefano e Francesca si riparavano sotto l'ombrello di lui.

«Mi dispiace di averti fatta uscire con questo tempo».

«Sarei dovuta comunque andare a messa».

«Posso accompagnarti io? Parleremo strada facendo».

Lei assentì imbarazzata e salì sulla Panda rossa dell'uomo.

«Ha trovato qualcosa d'importante?» domandò ansiosa, appena seduta, sfilandosi il cappuccio dell'impermeabile giallo.

«Forse. È quanto meno un'indicazione, che può essere utile».

«E sarebbe?».

«Una tessera per la Biblioteca dell'Istituto Culturale Spagnolo».

«A nome di chi?».

«È in bianco. Tra i tuoi amici, c'è qualcuno che la frequenti?».

«Non mi pare. A meno che… forse Viviana».

«Ulpia?».

«Sì. Lei a volte accompagna il padre, quando viene a Roma per conferenze, concerti, mostre e roba simile. Si annoia a morte, ma dice che ha modo d'incontrare gente, di fare conoscenze interessanti».

«Eugenio Ulpia si occupa di attività artistiche?».

«È nel comitato di non so quanti premi: è un maniaco di cultura, lui».

«Voi due, invece…» scherzò Stefano.

«A me piace solo la musica» affermò gravemente Francesca.

«Dove abita Viviana?» continuò lui, per evitare che la ragazza piombasse nella spirale dei ricordi.

«Da una zia. Ma ora che è arrivato il padre, alloggiano insieme all'*Hassler*: preferisce l'albergo, così è più libera».

«Se le telefono, accetterà di vedermi?».

«Aveva detto che non si occupava più del caso».

«Intendo continuare a occuparmi di te: ti dispiace?» chiese a bassa voce, fermando l'auto davanti alla grigia mole di San Saturnino.

Francesca non rispose subito; si calò il cappuccio in testa, mise le dita sulla maniglia, poi si voltò e disse esitando: «Devo chiamare Vivi: se oggi pomeriggio la vedo, può venire a casa anche lei».

«Ti telefono all'ora di colazione?».

«Va bene» e uscì di furia, quasi fosse pentita.

Stefano la vide salire i pochi, bassi gradini di corsa e poi girarsi, prima di entrare, per indirizzargli un piccolo gesto di saluto.

Quanto la ragazza fu scomparsa, Stefano rimise in moto e piano piano, avviò la vettura verso piazza Verbano: tra i pini disposti a corona intorno ai sedili di pietra, balenò un lampo, seguito da un cupo brontolio.

A lui, sembrarono le note di una sinfonia.

29

«Perché a voi donne, piacciono tanto i gioielli?» sbuffò annoiato Federico, fermo con la compagna, davanti a un bancone abbagliante.

«Perché sottolineano la bellezza, quando c'è» ribatté prontamente Lavinia, «E comunque, aggiungono fascino, aumentano il potere di seduzione».

«Sono fronzoli inutili» sentenziò drastico l'uomo, trascinandola via dalle tentazioni ammiccanti, «Solo a te, poteva venire in mente di trascorrere la domenica pomeriggio, a una mostra di oreficeria!».

«Solo a *me*?» rise lei, «E di tutta questa folla che gira intorno a noi, cosa dici?».

Federico evitò di commentare, voltandosi imbarazzato: Viviana, a poca distanza da loro, li stava fissando. L'uomo invertì prontamente la direzione di marcia, cercando di attirare l'attenzione di Lavinia verso un vaso d'argento, lavorato a sbalzo.

«Bellissimo, vero?» elogiò esagerato, con entusiasmo.

Niente da fare.

L'aveva vista anche lei.

«Quella ragazza non è Viviana, l'amica di Francesca?».

«No, non mi pare» rispose Federico, in tono ipocrita, perfettamente naturale.

«Sì, invece!» insistette decisa Lavinia, «Su, andiamo a salutarla».

«Non c'è ragione di farlo: è anche in compagnia» s'impuntò lui.

«È il padre, magari ce ne sarà riconoscente».

«Che ne sai, tu?».

«Si capisce al volo» affermò la donna, muovendosi tra la gente che riempiva il salone del grande albergo romano.

E a lui, non restò che seguirla.

«Viviana, come stai?» salutò festosa Lavinia.

L'altra tese appena la punta delle dita, mormorando svogliatamente una frase di convenienza che andò perduta nel brusio generale. Il signore al suo fianco si girò sorpreso, scrutando con un'occhiata tagliente la giovane donna, vestita con un tailleur turchese che addolciva il colore fiammeggiante dei capelli tizianeschi e illuminava la carnagione lattea.

«Vuoi presentarci?» chiese freddo alla figlia.

«Lavinia Luni, il dottor Mètes: mio padre».

Eugenio Ulpia portò alle labbra la mano della donna, in un ineccepibile saluto e strinse sbrigativo quella del suo compagno, mentre Viviana con aria seccata, rivolgeva la propria attenzione a una bacheca che esponeva animali in pietre dure.

«Acquisti di Natale?» s'informò Lavinia, salottiera.

«No» sorrise a sua volta il finanziere, «Sono un collezionista e frequento le mostre, alla ricerca di pezzi rari, oppure semplicemente insoliti».

«Privilegia la fattura moderna?» osservò lei in un tono casuale, smentito dall'ironia dello sguardo.

Ulpia fissò gli occhi, cangianti come quelli della figlia, nelle pupille ambrate: «Non necessariamente. Ritengo che lavorazioni particolari, soggetti emblematici, siano apprezzabili e meritevoli di attenzione».

«Concordo pienamente: io sono una restauratrice e trovo interessanti le scoperte che si possono fare, risalendo all'origine di certi pezzi di antiquariato. Riportare alla luce vecchi simboli, intuirne il ruolo avuto nei secoli, gli intrecci con la storia, le impreviste connessioni con l'attualità, è affascinante e dà una nuova vita agli oggetti».

«Purché non si corra troppo con la fantasia. A volte, è facile commettere errori di valutazione».

«Correggere la rotta, è compito del capitano» insinuò soave, Lavinia.

Federico seguiva la conversazione e, al tempo stesso, con la coda dell'occhio spiava le reazioni di Viviana, che sembrava sulle spine.

Miss Veleno era forse in imbarazzo, per l'incontro disinvolto avvenuto tra loro due, oppure era qualche altro motivo, a tenerla sulle spine?

Ma che cosa stava dicendo Ulpia?

«Domani mi portano in visione un'icona di scuola bizantina, per un eventuale acquisto: sarei lieto di avere un suo parere».

«Volentieri» accettò Lavinia, con una prontezza che Federico irritato, giudicò sospetta, «Dove?».

«All'*Hassler*, alle 12. L'ora giusta per un aperitivo».

Prima che potesse rispondere, intervenne la ragazza, interrompendola senza cerimonie: «Papà, è arrivato Shahin, ci muoviamo?».

«È un amico di Viviana che voglio conoscere» spiegò il finanziere, accomiatandosi dalla coppia, «Spero che abbia maniere migliori di mia figlia. Allora l'aspetto domani» concluse allontanandosi con lei.

«In effetti, le quotazioni dell'educazione sono in ribasso» commentò Lavinia, «Non mi ha degnata nemmeno di un'occhiata».

«Contentati: ne hai avute abbastanza dal padre. Risultato, un appuntamento in albergo, senza testimoni».

La donna lo guardò divertita e replicò maliziosa: «Come mai quello schianto di ragazza ti ha tenuto a distanza? Non mi pare fosse nel suo stile».

«Si passa al contrattacco, quando si è dalla parte del torto: l'insinuazione è gratuita» assicurò Federico, con eccessiva enfasi.

Automaticamente, seguiva con lo sguardo al di sopra della folla, padre e figlia che si allontanavano, curioso di vedere l'amico di Viviana; lo individuò, mentre Ulpia gli stringeva la mano.

Un tipo alto, fisico asciutto, spalle larghe.

Bruno e olivastro, aria da dominatore, inconfondibilmente orientale.

«Niente male» commentò ad alta voce.

«Chi?» chiese la sua compagna.

«L'amichetto della figlia di Ulpia».

Anche Lavinia guardò nella direzione indicata dall'uomo, con un cenno della testa e i suoi occhi incrociarono quelli di Shahin.

Un brivido di terrore l'attraversò, dalla nuca ai talloni: le pupille di lui erano piene di spine e le trasmisero un messaggio, carico di oscura minaccia.

Federico si sorprese nel sentire la mano della sua compagna, stringergli il braccio e scorgendone la fisionomia alterata, domandò: «Cosa c'è?».

«Niente, andiamo via, ti prego».

«Non vuoi vedere altro?».

«Ho visto quello che mi interessava» e s'interruppe, contrariata, mordendosi il labbro.

«Vuoi dire che siamo venuti per incontrare gli Ulpia?».

«Precisamente» ammise malvolentieri la donna.

Lui fece una rapida deduzione, poi ragionò: «Ne concludo che hai parlato con Stefano».

«Ha chiamato, per dire che Francesca avrebbe visto Viviana, oggi pomeriggio: sperava di parlarle, ma all'ultimo minuto lei ha rimandato l'incontro con l'amica, per accompagnare qui suo padre, così…».

«… hai pensato di trascinarmi in questa bolgia» concluse risentito.

«Federico, non lamentarti: sarebbe stato peggio se lo avessi fatto con l'intenzione di farmi offrire un gioiello» ammonì Lavinia, cercando di scherzare.

«Con te, non c'è limite al peggio» brontolò l'uomo, infastidito dal chiasso, dalle luci, dal caldo.

«Mi offri una tazza di tè da *Doney*?».

«Purché usciamo al più presto!».

La notte bordava i viali di Villa Borghese, con un filo da ricamo nero; nel percorrere il silenzioso Parco dei Daini, Lavinia sentì un pericolo indefinibile aleggiarle intorno.

Si strinse all'uomo, gli appoggiò la fronte sulla spalla: senza parlare, Federico si fermò per abbracciarla e così, stretti l'uno all'altra, cercarono rifugio sotto una quercia, al riparo di sguardi indiscreti.

Un bacio.

Per stracciare la carta carbone della paura, che imprimeva con l'inchiostro luttuoso, il perpetuarsi di una millenaria maledizione.

30

Il salottino era caldo, profumato di anice: le gaie poltroncine di velluto, nell'esatta sfumatura della carta da parati, i fiori nei vasi, il *Pernod* versato negli alti bicchieri di cristallo, contribuivano a conferire all'ambiente un'impressione confortevole.

Eugenio Ulpia osservava soddisfatto l'icona appena acquistata: l'argento, che incorniciava il volto del Redentore, era ammaccato in alcuni punti e il lavoro a sbalzo dell'antico orefice, portava le tracce di vicissitudini e passaggi di mano dell'oggetto, quasi mai rispettosi del valore religioso intrinseco.

Ma anche se non in perfette condizioni, l'opera restava più che pregevole.

«Davvero un ottimo acquisto» approvò Lavinia, ammirandola.

«E a un prezzo ben al di sotto delle cifre correnti» sottolineò il finanziere.

«Chissà da quante generazioni, apparteneva alla loro famiglia» rilevò la donna, che era arrivata a trattative concluse e aveva appena intravisto i proprietari dell'immagine sacra, «Saranno stati dispiaciuti di privarsene».

«Hanno risolto i problemi esistenziali per qualche tempo, in attesa del visto per gli Stati Uniti. Cercheranno un alloggio migliore, più conveniente del campo profughi di Latina» dichiarò l'uomo con indifferenza levantina, avvolgendo l'icona in un morbido panno di camoscio.

«Dottor Ulpia, la sua collezione è in Italia?».

«Sì».

«Dove, esattamente?» chiese Lavinia, giustificando la curiosità con un sorriso disarmante, prima di aggiungere «Mi piacerebbe vederla».

«Ho riservato alcune sale della residenza di Portovenere alle mie raccolte, ma non sono aperte al pubblico» spiegò lui asciutto, con una punta di sarcasmo.

Per nulla disponibile.

Irritante.

Lavinia non si lasciò scoraggiare.

«Se intendesse catalogarle, me ne occuperei volentieri» si offrì.

«È un incarico che ho affidato al mio uomo di fiducia» dichiarò Ulpia, imperturbabile.

«È proprio di… fiducia?» insinuò lei, sedendosi disinvolta su un bracciolo.

L'uomo aggrottò la fronte, visibilmente infastidito.

«Cosa intende dire?».

«Ciò che ho detto» dichiarò la donna, secca e perentoria, «Non le è mai mancato niente?».

«No, che io sappia» asserì con freddezza.

«È molto distratto, dottor Ulpia. O smemorato: la *Signora delle Perle* è stata portata via da *Villa Venus* la scorsa estate e lei non ne è al corrente?».

Ulpia la squadrò gelido e distante: Lavinia non abbandonò l'atteggiamento di finta noncuranza e continuò a fissarlo, gli occhi scuriti dalla collera.

«Per conto di chi svolge l'inchiesta?».

«Di Francesca Gaster e Mauro Elpidi, due persone che non le sono certo sconosciute. La ragazza è amica di sua figlia e lui è il titolare della cartiera che ha subito un attentato, poche settimane fa. Per una curiosa coincidenza, aveva adoperato un tipo di carta, che riproduce il marchio della moneta, rubata a lei».

«Sa anche da chi?».

«È stato un gioco da ragazzi».

«… finito in tragedia» concluse cupo l'uomo.

«Perché tiene tanto a quella moneta?».

«Non sono cose che la riguardano».

«Mi riguardano invece, dal momento che due innocenti sono morti e una ragazza vive nel terrore di subire la stessa fine».

«Sa dov'è ora *La Signora delle Perle*?».

«No, ma se lei mi desse ulteriori elementi, potrei orientare le mie ricerche».

«La ritrovi e riceverà un congruo compenso per il suo lavoro».

Lavinia lo fissò, come si guarda un nemico.

«Voglio la certezza che non sarà torto un capello a Francesca».

«È venuta a minacciare?».

«Sono qui per scoprire il motivo di tanto accanimento, per un oggetto di scarso valore sul mercato».

«Mi appartiene: non le sembra una spiegazione sufficiente?».

«Al punto da sabotare la cartiera Elpidi? Una persona che, in tempi recenti, ha aiutato finanziariamente. Non c'era nessuna logica, rimetterlo in difficoltà, rischiando per giunta, di non recuperare il credito concesso».

«Cosa sta inventando?».

«Ho un testimone, che ha visto Lucio Bruni, suo uomo di fiducia, aggirarsi nei paraggi il giorno dell'attentato».

«Questo non prova nulla».

«Al contrario. Prova la connessone con il duplice delitto Elpidi-Amerighi».

«Lei è pazza!» sibilò lui, fuori di sé, prendendola per un braccio e scuotendola selvaggiamente.

«I pazzi sono pericolosi dottor Ulpia, soprattutto perché dicono la verità» rispose pronta Lavinia, svincolandosi con decisione.

«Esca immediatamente» ingiunse l'uomo, controllandosi a stento.

«Con piacere. Ricordi però, che le accuse sono fondate e la polizia è informata. Ci rifletta sopra: pensi se non sia più conveniente e produttivo, collaborare».

La donna, pallida e tranquilla, uscì senza fretta.

Nella stanza d'albergo, regnò per qualche secondo il silenzio, poi si aprì la porta che metteva in comunicazione il salottino con la camera da letto ed entrò l'assistente di Ulpia.

«L'ha sentita?» chiese brusco il finanziere.

«Purtroppo ha ragione».

«Possono accusarci dell'attentato?».

«Non troveranno nessuna prova» sostenne con torva sicurezza il nuovo arrivato. «Del resto, non potevamo fare diversamente: anche così, non siamo al sicuro».

«E quei due delitti?».

«Brancolano nel buio, lo so per certo».

«Bisogna tenere d'occhio quella donna: è l'unica che possa portarci alla *Signora delle Perle*» concluse Ulpia, con astioso rancore.

31

«Tu sei certa che Elpidi sia in rapporto con Ulpia?» chiese Stefano perplesso.

«Ha ammesso di conoscerlo, ha sostenuto che era assurdo lanciare accuse contro di lui e adesso sono sicura che gli ha parlato di me. Non avrebbe avuto senso invitarmi stamattina, dato che non ci eravamo mai visti prima» ribadì Lavinia, sedendosi sul divano, accanto all'amico, «E tu, che novità hai?».

«Ho fatto una scoperta interessante: esiste un panfilo di nome *Signora delle Perle*, che sul registro nautico di Portovenere, risulta di proprietà di una società, con sede in Svizzera».

«E?» incalzò Lavinia, eccitatissima.

«L'amministratore unico è, per l'appunto, l'ineffabile Eugenio Ulpia» concluse Stefano, soddisfatto dell'informazione ottenuta.

«Elpidi ha parlato di una cordata, composta da soci stranieri, che lo avrebbero aiutato a uscire dalle difficoltà».

«Chi è più straniero di un italiano, con capitali elvetici?» domandò ironico l'amico, allungando le gambe sotto il tavolino di onice pachistano, sul quale faceva bella mostra la collezione di gingilli d'argento della padrona di casa.

Lei versò il tè nelle tazze di sottile porcellana cinese, che esaltavano l'aroma della bevanda e un intenso profumo di rosa si diffuse nel luminoso soggiorno, affacciato sui tetti di Roma.

«È meraviglioso» apprezzò il giovane funzionario di polizia, gustandolo lentamente.

«Merito di Federico: ha un fornitore unico, sospetto che sia innamorato di lui!» rise la donna.

«Che uomo eccezionale, pensa a tutto» commentò Stefano, con benevola insofferenza.

«Se non esistesse, dovrei inventarlo» ammise lei, con intenzione.

«Lo so, siete una coppia di ferro» sospirò l'uomo scoraggiato e con una punta di autentica malinconia, «Vi invidio, tanto più che sono in un mare di guai».

«Credi che Ornella metterà in atto le sue ritorsioni?» obiettò incredula lei, al corrente della scenata del giorno precedente.

«Temo che possa colpire Francesca, quanto a me il male è fatto. Dal 15 gennaio dovrei prendere servizio a Campobasso».

«Non è possibile!» esclamò desolata Lavinia, rischiando di mandare in frantumi il fragile piattino.

«Oh, sì invece. Il padre è una potenza».

«Che farai?».

«Intanto, ho chiesto le ferie, per andare a trovare i miei a Venezia. Cerco di prendere tempo, perché se risolvessi il caso Gaster, la situazione cambierebbe».

Lavinia tamburellò con dita nervose il bracciolo del divano, poi tornò all'argomento che stava a cuore a entrambi.

«Del tesserino, cosa hai scoperto?».

«È un lavoro per te: sono passato proprio per dirtelo. L'Accademia di Spagna, negli ultimi tre anni, ha ripreso in pieno le attività artistico-letterarie, trascurate a causa di radicali trasformazioni e restauri interni».

«E dove si trova?».

«Al Gianicolo, davanti alla fontana Paolina, il Fontanone, per intenderci».

«Che c'entra un'istituzione culturale con la nostra indagine?».

«Fammi finire. Offrono borse di studio agli studenti».

«Paolo era un borsista?».

«Meglio ancora: è Shahin Mahel, l'amico di Viviana, che ha presentato la domanda. Non ha passato la selezione, però frequenta i dibattiti, segue i concerti e le mostre».

«Perché non l'hanno accettato?».

«Non lo so. Gli esami sono severi, riguardano la pittura, il restauro, l'archeologia, la musica e altro ancora. I ragazzi preparano un progetto di lavoro, che viene valutato da una commissione; solo una ventina di studenti sono ammessi».

«Sei documentato!».

«Ho parlato per più di un'ora con la direttrice dell'Accademia, spacciandomi per un giornalista di cronaca romana: è stata gentile ed esauriente».

«Questo come ci aiuta?».

«Non lo capisci?» si sorprese il funzionario, «Shahin è stato sempre vicino alle ragazze, conosceva Paolo e Marcello, frequenta casa Ulpia. È l'unico teste che non abbiamo mai avuto modo di sentire. Inafferrabile e misterioso».

«Pensi sia d'accordo con il padre di Viviana?».

«Nulla di più plausibile. È indiano e *La Signora delle Perle* è un amuleto che appartiene al loro culto religioso: è facile che siano in contatto».

«Eppure, ieri pomeriggio, quando ci siamo trovati al Parco dei Principi, alla mostra di oreficeria, ha detto che la figlia doveva presentargli un amico: si trattava di lui, non mi sbaglio».

«Può essere stata una manovra, per stornare eventuali sospetti».

«Forse hai ragione… qual è il mio compito?».

«Far parlare Shahin, senza altri indugi» riassunse categorico Stefano.

«Dovrei avere l'occasione di incontrarlo: non mi sembra facile».

«Vai al Gianicolo, tieni d'occhio l'Accademia negli orari delle lezioni, mescolandoti agli studenti. Cerca di entrare: anche il tempietto di San Pietro in Montorio appartiene all'istituto ed è in restauro. È un regalo del governo italiano, per ringraziare dei fondi spagnoli, concessi per edificare la chiesa vicina, cui mise mano il Bramante» aggiunse saccente.

«Questo quando?» fece sconcertata Lavinia.

«Nel 1881».

«La tua erudizione sa di manuale» contestò lei, «e non spiega in quale modo potrò avvicinare Shahin».

«Biblioteche, mostre, disegni; sei nel tuo elemento, no? Arrangiati».

Lavinia fissò meditabonda i fondi nella tazza di tè, quasi a trarne un'ispirazione, poi domandò: «Stefano, secondo te, il tesserino che hai trovato sulla terrazza di Francesca, il giorno dopo l'attentato, potrebbe averlo perso lui?».

«È un'ipotesi più che probabile: l'aveva riaccompagnata a casa, insieme a Viviana».

«Ma non poteva trovarsi contemporaneamente sul tetto e per la strada, con la sua ragazza, ti pare?».

«A questo c'è una spiegazione» assicurò sibillino, «Ricorda che Francesca è minacciata: dobbiamo agire con cautela, senza insospettirlo».

«Hai ragione, forse siamo sulla pista giusta» rifletté la donna.

«Mi fa piacere sentirtelo dire: tira su il morale!» sorrise Stefano, «Ci andrai presto?».

«Domattina. Non abbiamo tempo da perdere: tra pochi giorni cominciano le vacanze di Natale».

«Francesca tornerà in Svizzera» rilevò l'uomo.

«E Federico penserà alla settimana bianca» gli fece eco Lavinia, prevedendo un'ennesima discussione.

«Non precorriamo gli eventi» la confortò lui, con un meritorio tentativo di ottimismo, ostentando una finta allegria, «Molte cose possono ancora accadere».

E mai parole riassunsero inconsapevolmente, un più funesto presagio.

32

Federico entrò in cucina dal giardino, fischiettando allegramente. Lavinia rialzò la testa dalle confezioni di surgelati che aveva tolto dal freezer e s'informò: «Cannelloni o lasagne?».

«Quello che preferisci, sono affamato».

«Il forno è già caldo, devo solo mettere il nostro pasto a cuocere, dieta permettendo» sospirò lei, pensando all'umore bellicoso dell'ago della bilancia.

«Natale è alle porte, qualche eccezione al tuo ferreo regime alimentare, dovrai pur concedertela» incoraggiò lui, sistemando gli attrezzi da giardino nell'armadio vicino alla porta finestra.

«Le rose come stanno?».

«Benone. Ho finito d'interrare il colletto, tra la radice e il fusto, tre centimetri esatti: da manuale! gli innesti saranno al sicuro, da eventuali gelate o sbalzi di temperatura» spiegò soddisfatto, lavandosi le mani nell'acquaio.

Lavinia gli porse al volo una salvietta di spugna, che evitò la noncurante ricerca di un asciugamano, con relativa pioggia di goccioline, sparse sulle piastrelle lucide, mentre Giunone spuntava dalla cesta di vimini, per reclamare la razione di cibo serale.

La donna invitò con un cenno il felino ad avvicinarsi alla scodella pronta e la gatta si strusciò contro le sue gambe, mormorando un ringraziamento, attraverso un arpeggio di gorgoglii, che fecero vibrare i lunghi baffi.

«Andiamo molto più d'accordo, da un po' di tempo in qua» rilevò lei, compiaciuta del successo.

«Si è abituata alla tua presenza» convenne l'uomo, «anzi, direi che la gradisce molto».

«L'avrai influenzata tu» sorrise la sua compagna, apparecchiando la tavola, con un vivace servizio all'americana, a quadri rossi e turchini.

«*Seme di miele*, perché non la smetti di arrampicarti sotto i tetti e vieni a vivere qui con noi?» Federico lanciò la proposta con disinvoltura, in attesa di una risposta che gli premeva più di quanto volesse confessare a se stesso.

«Lasciare il mio appartamento? Non ci ho mai pensato» disse lei, scrutandolo sorpresa.

«Sarebbe ora che tu lo facessi: non è un'abdicazione alla tua libertà, una ragionevole scelta logistica. Oltre a una considerevole riduzione delle spese di gestione» precisò l'uomo, puntando sull'aspetto finanziario.

«E la casa?».

«L'affitti, ricavandone una discreta rendita: ti consentirà di scegliere il lavoro che vuoi, senza affanni».

«Tu mi ospiti?».

«Sicuro».

Lavinia restò in silenzio; da parecchio tempo non si interrogava sul loro rapporto. Da cinque anni, la storia filava su binari lisci e non l'aveva sfiorata l'idea che qualcosa potesse cambiare o incepparsi, in quel meccanismo tanto ben collaudato.

Fissò Federico con maggior attenzione: presa da altri pensieri, non si era chiesta se l'attrito creato dalla svolta imprevista data alla sua esistenza da quelle investigazioni che tanto l'appassionavano, non avesse logorato un equilibrio delicato.

«Cosa ti succede?» mormorò a bassa voce, un po' oppressa.

«Sempre più spesso ho voglia di pensarti a casa, di sapere che vivi qui, che posso raggiungerti senza troppa fatica» spiegò con semplicità l'uomo, «Con questo, non intendo porti dei limiti».

«E allora?».

«Ti sentirei meno provvisoria. Ho bisogno di un punto fermo, di fissare le radici».

Lavinia finì di sistemare la tavola, impressionata dall'espressione del suo compagno, solo in apparenza distaccata.

«Qual è il problema? Quello che ha fatto scattare la crisi» domandò lei, decisa ad affrontare la situazione.

«Un insieme di circostanze, non una in particolare».

«Non ti va il compito che mi sono prefissa?»:

«Esatto, *Miss Kilt*, sotto le spoglie di investigatrice mi piaci meno».

«Ti racconto un episodio che risale alla mia adolescenza» dichiarò la donna, «Servirà a farti capire il mio atteggiamento, anche se non arriverai a condividerlo. Poi decideremo. Insieme».

«Vuoi andare di là?» invitò Federico, colpito dal tono grave.

«No» rispose lei, sedendo sull'alto sgabello. Intrecciò le mani in grembo e con voce neutra cominciò a parlare: «Ho perso mia madre a sedici anni, in un incidente d'auto. E di questo sei al corrente. Mi stava accompagnando a una festa, all'insaputa di mio padre: ci tenevo, avevo insistito tanto, era un avvenimento di cui avevamo parlato a lungo con le compagne di classe, sai com'è».

Lui annuì, fissando il volto teso di Lavinia e avvertendo la sua tensione, nel riportare alla luce un episodio il cui ricordo, era evidente, le faceva ancora male.

«Quando un pirata della strada ci venne addosso, stavamo cantando insieme; non fu mai identificato, perché i testimoni avevano paura di parlare. Era il figlio di un noto uomo politico, io sola l'accusai, e in seguito rese la vita impossibile a mio padre. Non basta; lei avrebbe potuto salvarsi, se fosse stata operata subito, ma un chirurgo negligente prestò più attenzione alla partita di calcio, trasmessa alla tele, che a lei. Venne incriminato per omissione di soccorso e prosciolto in istruttoria: anche lui, un intoccabile. Io ero rimasta incolume e riuscii a superare dopo anni, la fobia per la guida, grazie al mio ex marito. Una cosa non sono riuscita a rimuovere completamente, come direbbe la psicoanalista che mi tenne in analisi: il senso di colpa».

«Impegnarti ti fa stare meglio?».

«Trovo mostruoso che si uccidano due ragazzi, che si facciano vivere nel terrore le persone, rimanendo impuniti» dichiarò Lavinia, scendendo dallo sgabello, «Mi riporta indietro, al periodo più buio e brutto della mia esistenza. Non resterò impassibile a guardare, non perderò questa battaglia».

Federico le strinse la mano, in un gesto di partecipazione affettuosa. Non si finisce mai di conoscere una persona, anche quando sembra un libro aperto, sfogliato e letto ogni giorno.

«Non ho fame, Federico, torno a casa».

Lui si avvicinò e la prese per gli avambracci, con tenera fermezza, gli occhi pervinca schiariti dall'emozione: «Sei già a casa, Lavinia».

La donna tentò un sorriso, ma gli angoli della bocca si contrassero appena.

«Ti prego, ho bisogno di restare sola».

Si svincolò con dolcezza e gli passò una mano sulla guancia, in un gesto che era più di una carezza, poi uscì di corsa dalla cucina.

La gatta miagolò, offesa per essere stata ignorata e Federico la prese in braccio.

«Tornerà Giunone, non può fare a meno di noi» la rassicurò l'uomo deluso.

Provava una profonda amarezza, al pensiero che avesse preferito la fuga e la solitudine, al dialogo e che il loro amore non bastava a cicatrizzare quell'antica ferita.

Un senso di rabbiosa impotenza s'impossessò di lui, nello scoprirla vulnerabile ed esposta; assaporò un'impressione di sconfitta, contro gli insulti dell'esistenza, ignorati fino ad allora. Odiò orgoglio e dignità, che gli impedivano di correrle dietro e indurla a ragionare, tenendola fra le braccia.

Giunone soffiò irritata e balzò a terra, diretta verso il forno, con la coda sollevata in aria, inequivocabile segno di indignazione.

Federico la seguì macchinalmente, avvertendo un odore di bruciato, confermato dal fumo che usciva lento e spesso dal forno: Lavinia aveva alzato la fiamma, invece di spegnerla.

"Che disastro di donna!"

E non seppe dirsi se voleva schiaffeggiarla, per punirla della sofferenza che gli infliggeva o accarezzarla, per tentare di consolarla.

33

Francesca guardò con invidia i due ragazzi, nascosti nell'ombra accogliente e discreta del portale di una chiesa, scambiarsi effusioni senza falsi pudori.

Le tornarono alla mente gli abbracci di Paolo, le fughe mozzafiato, le promesse giurate in un bacio.

Solo tre mesi prima, anche loro si stringevano così.

Un sottile filo d'acqua ghiacciata, scivolato da una grondaia, le corse lungo la schiena.

Portò la treccia davanti, poi si soffiò il naso. Il bagliore delle vetrine l'aveva infastidita, si era tirata fuori dalla confusione delirante e nevrotica, cercando di raggiungere piazza Navona, senza attraversare il corso affollato. Viviana l'aspettava ai *Tre Scalini*.

Ancora qualche giorno, poi l'amica sarebbe tornata a *Villa Venus*, per passare il Natale in famiglia. Lei sarebbe rimasta sola.

Con i suoi, con l'amata nonna non poteva parlare di Paolo.

C'era Stefano…

Francesca si aggiustò la sciarpa, sfuggita sul piumone rosso e provò imbarazzo, come tutte le volte che lo vedeva e gli parlava.

I sentimenti che le ispirava erano confusi. La paura provata al pensiero della minaccia incombente su di lei, era superiore a qualsiasi altro interesse. Con il giovane funzionario si sentiva minacciata, la sua premura la confondeva, attraendola per un bisogno di protezione, negandole il rifugio perverso dei ricordi.

Entrò in un negozio, per spezzare i pensieri assillanti senza soluzione e comprò una confezione di carta riciclata *"Fabbricata senza inquinare le acque, senza coloranti e sostanze candeggianti"*. Era grigio chiara, con un bel disegno floreale, nell'angolo in alto, a sinistra.

L'avrebbe regalata alla nonna: la corrispondenza occupava una gran parte delle giornate dell'anziana signora, aveva ancora amiche alle quali scrivere.

Lei non aveva più nessuno a cui scarabocchiare frasi frettolose e tenere, nessuno a cui indirizzare parole non più pronunciate.

La statua di Pasquino, all'angolo con Santa Maria dell'Anima, sorrideva con aria sorniona, nonostante la pioggia fitta e intensa: Paolo ci parlava sempre, quando passavano di lì. Buffe conversazioni, che provocavano la sua ilarità.

Francesca passò l'ombrello sull'altra spalla, infastidita dalla noia di quel tempo uggioso e inconcludente, vuoto di studi, di incontri, di pensieri lieti. La brevità delle giornate la disturbava: provava un'inconfessata paura del buio e si sentì meno oppressa, non appena i lucidi sampietrini della vecchia strada, riflessero le luci dei lampioni.

La ragazza si avvicinò al muro di una casa, per far passare l'auto di grossa cilindrata, che sentiva avanzare lentamente alle sue spalle. La vettura si arrestò davanti a lei, gli sportelli si aprirono di colpo, imprigionandola contro la viscida parete.

Prima che potesse lanciare un grido o pronunciare una parola, i due uomini scesi l'avevano immobilizzata, schiacciandole sul viso un tampone di cloroformio.

Francesca spalancò gli occhi sbalordita, poi precipitò nell'annullamento totale dell'anestesia. Sull'asfalto bagnato, l'ombrello capovolto riparava i fogli di carta da lettere sfuggiti alle mani della ragazza, mentre l'auto sgommava, ripartendo verso la destinazione, con la preda addormentata inerme, sul sedile posteriore.

34

La nonna di Francesca era seduta sulla poltrona, con aria smarrita; il figlio Clemente tamburellava, con le dita tozze e nervose, sul piano di cristallo del tavolino, dove la domestica aveva appoggiato le tazzine per il caffè.

In piedi davanti a loro, Stefano, l'aspetto stralunato di chi ha passato la notte in preda a congetture angosciose, finiva di leggere per l'ennesima volta, le scarne dichiarazioni, ricavate dal padre della ragazza e dalla vecchia signora.

Nessuno spiraglio, che facesse luce sulla sparizione di Francesca.

Lavinia si passò una mano sulla fronte, ancora incredula: la notizia, ricevuta la sera precedente, appena tornata a casa, continuava a tenerla sotto l'effetto di un incubo. L'amarezza dell'evento, rabbiosamente annunciato da Stefano, si mescolava a un senso di frustrazione generalizzato, verso la ragazza scomparsa, sua nonna, Federico, se stessa.

Clemente Gaster ruppe il silenzio: «Non c'è altro da aggiungere, dottor Marchi. Ho rilasciato un'identica deposizione ieri sera, alla polizia, quando mia figlia non è rientrata a casa. Le indagini sono scattate immediatamente: i rapitori si faranno vivi».

«Non ne sono affatto sicuro, purtroppo» constatò il giovane funzionario, lasciandosi andare sul divano, accanto a Lavinia.

«Posso chiederle su cosa basa questa supposizione?» intervenne angosciata la contessa.

«Il quadro d'insieme è confuso, contraddittorio: il sequestro non può essere stato effettuato a scopo di estorsione!» asserì con forza, «Francesca era al centro di una macchinazione, che coinvolge persone interessate a ritrovare un simbolo, una moneta sacra. Portarla via, non giova ai loro piani, semmai complica una trama ancora oscura».

«E allora?» interrogò Lavinia, sentendo di condividere in pieno l'analisi succinta, esposta dall'amico.

«Siamo nel buio totale» ammise lui nervoso allentando il nodo della cravatta, «A meno che il dottor Gaster non sia in grado di indicarci un possibile mandante. Ha ricevuto intimidazioni, minacce?».

«No» tranquillo e freddo, il padre di Francesca lasciò cadere il monosillabo come una lama, «Però, ho motivo di ritenere che possa trattarsi di ritorsione: propenderei a pensare che il colpo provenga da Mauro Elpidi. Non c'è mai stata amicizia, tra le nostre due famiglie».

«Clemente!» protestò energicamente la contessa Giovanna, sollevandosi con veemenza dallo schienale e congiungendo le dita, in un inconscio gesto di supplica.

«In parte, mammà, la responsabilità è anche tua» obiettò lui, gelido e per nulla commosso della sua emozione, «Sei sempre stata parziale verso di loro: non avresti dovuto permettere che tra Francesca e Paolo ci fosse il sia pur minimo contatto. Sai come la pensiamo, al riguardo».

Lavinia lanciò uno sguardo di affettuosa comprensione all'anziana nobildonna, che aveva gli occhi velati dalle lacrime: l'istintiva antipatia provata per il padre della ragazza, si rafforzò ulteriormente.

Detestabile.

«Non credo si debba risalire alle origini dell'albero genealogico» intervenne Stefano, impaziente e irritato, «I recenti avvenimenti sono di tale gravità, da consentirci di ipotizzare un risvolto realistico e attuale. Qualcuno aveva interesse a togliere dalla circolazione sua figlia, temendo rivelazioni, peraltro improbabili. Oppure, per chiuderle la bocca, con ogni mezzo» terminò fra i denti.

«Quindi torniamo al punto di partenza».

«Al contrario: potrebbe trattarsi di un'azione diversiva, una falsa pista per dirottare le indagini, approfittando del conseguente disorientamento».

«A proposito di indagini: lei non è più incaricato di seguirle».

Prima che Stefano potesse rispondere, intervenne Lavinia: «Lo sono io, per conto del dottor Elpidi».

«E cosa c'entra lui?» notò sgarbatamente l'uomo.

«Dimentica che Paolo è stato ucciso, per proteggere sua figlia: è stata lei a rubare la *Signora delle Perle* a Viviana Ulpia, ma fu il ragazzo ad assumere su di sé la colpa. Ha nascosto la moneta talmente bene, che risulta tuttora introvabile».

«Avrebbe dovuto riconsegnarla subito. Non ci sarebbero state conseguenze».

«Era quello che si apprestava a fare, quando gli hanno sparato» troncò la giovane donna, furiosa per l'ostilità preconcetta di Gaster.

Ignorando volutamente la precisazione, lui si alzò, dichiarando: «Non mi pare ci sia altro da aggiungere. Ho interessato della faccenda il mio legale, che mi ragguaglierà in giornata, qui a Roma, e si metterà a disposizione della polizia. Assumerò un investigatore privato e sono certo che, al più presto, Francesca sarà al sicuro».

La tranquilla sicumera del padrone di casa, non ammetteva repliche. Lavinia e Stefano si alzarono, consapevoli di essere stati congedati. Gli strinsero la mano e salutarono con commossa simpatia la madre, uscendo quasi con sollievo da casa Gaster, per respirare l'aria gelida di quella livida mattinata dicembrina.

«Che facciamo adesso?».

«Riprendiamo l'inchiesta, come se non fosse accaduto niente» assicurò Stefano.

Sarebbe servito a esorcizzare la paura, l'inquietudine che serpeggiava in loro, davanti al nuovo ostacolo, all'ansia che le minacce fossero state messe in atto.

«In concreto, cosa significa?».

«Vai all'Accademia di Spagna e cerca di scoprire se Viviana, o qualcuno del loro giro, la frequentava».

«D'accordo» approvò la donna, avvicinandosi alla sua Mini bianca, «Ti chiamerò all'ora di colazione, in ufficio». Lavinia, oppressa, salì sulla vettura e prima di mettere in moto, esitò.

«Devi dirmi qualcosa?».

Stefano si era affacciato al finestrino scrutando il volto tirato dell'amica, dove le lentiggini affioravano nette, nel pallore uniforme, lasciato dalla notte di veglia.

«Telefona a Federico e mettilo al corrente degli ultimi sviluppi».

I loro sguardi s'incrociarono: interrogativo quello di lui, accigliato e risoluto, quello di lei.

«Non vuoi farlo tu?» chiese l'uomo, evitando una domanda diretta.

Lavina scosse la testa e ingranò la retromarcia, con una certa difficoltà.

«Meglio di no» mormorò, partendo a singhiozzo. Temeva la forza della propria debolezza, adesso che Francesca aveva maggiormente bisogno di aiuto.

Imboccò via Tagliamento con decisione, lasciandosi ogni incertezza alle spalle, mentre un raggio di sole malato, tentava di farsi strada tra le nuvole.

35

Federico rigirò il quotidiano del mattino, con un gesto nervoso e fissò i due visitatori che indugiavano davanti alla figura di Boldrini, da lui preferita: se non fosse stato per la foggia antiquata dell'acconciatura, avrebbe potuto essere un ritratto di Lavinia.

L'opulenza del colore, la rotondità delle linee erano fuorvianti: esasperavano l'assurda pretesa di ritrovarla ovunque, incrociandola nei suoi pensieri in linee diagonali o concentriche, focalizzate intorno allo stesso punto.

Un punto di attrito.

La notte passata a riflettere non aveva migliorato il suo umore: per fortuna, il lavoro assorbiva ogni energia residua. Una vendita incerta fino all'ultimo, aveva risollevato le sorti di un bilancio, inclinato verso il rosso: ora poteva contare su una boccata d'ossigeno.

Si piegò sul giornale, attratto da un trafiletto inquietante, che per alcuni minuti assorbì completamente la sua attenzione.

«Buongiorno, Federico».

L'uomo sollevò la testa e sorrise a Stefano, in piedi davanti a lui, l'aria spiegazzata più delle pagine che stava scorrendo.

«Novità?» s'informò per un riflesso condizionato, non certo per autentico interesse.

«Francesca è stata sequestrata ieri pomeriggio».

Federico aggrottò la fronte, mentre un'espressione di preoccupata incredulità si disegnava tra le scure sopracciglia.

«Avete qualche indizio?».

«Nessun testimone» sospirò Stefano, accasciandosi sulla seggiolina in lucente plexiglas, «Lavinia mi ha incaricato di dirti che andava all'Accademia di Spagna, per indagare su Shahin Mahel».

«Il ragazzo di Viviana?» precisò lui, evitando volutamente di approfondire il coinvolgimento relativo alla sua compagna.

«Esatto, è la traccia che stiamo vagliando».

Federico buttò un'altra occhiata alla colonna del giornale che l'aveva colpito.

«Leggi» invitò, segnalandogli il titolo del breve articolo, su *La Repubblica* del giorno.

Tre vittime in Bangladesh per le scarpe "blasfeme"

"Altri incidenti e vittime ieri, in Bangladesh, durante le proteste di una setta indù, contro la vendita di scarpe giudicate "blasfeme". Il bilancio di ieri è di almeno tre morti e una sessantina di feriti..."

Stefano lo guardò, interdetto. «Di quando è la notizia?».
«Oggi. Vedi? Giovedì 7 dicembre 1990. Continua» incitò l'uomo.

"NEW DELHI - La polizia ha sparato su una folla di manifestanti, che volevano appiccare il fuoco allo stabilimento di una multinazionale che produce scarpe, tra le quali una pantofola su cui compare in caratteri sanscriti, il simbolo sacro della setta: un'autentica bestemmia per i seguaci. Gli incidenti di ieri sono avvenuti nella zona industriale; quando i manifestanti hanno cercato di incendiare lo stabilimento, la polizia ha sparato sulla folla. Prima degli incidenti di

cui abbiamo riferito, migliaia di scarpe, ritenute "blasfeme" erano state sequestrate su richiesta dei manifestanti, dopo che un giornale locale ne aveva pubblicato la foto".

I due si guardarono: un fuoco del Bengala sfolgorò nella mente di entrambi.

«La meccanica è simile a quella usata alla cartiera Elpidi, per la *Signora delle Perle*».

«È la stessa, non si tratta di una coincidenza: la dinamica è identica! Il colpevole del furto è stato ucciso o meglio, giustiziato, a loro modo di vedere, come il suo amico, reo solo di averlo spalleggiato; Francesca, dopo le minacce, è stata rapita. Ce n'è abbastanza per orientare le ricerche in questa direzione».

«Una setta religiosa» mormorò Federico, lui stesso stupefatto di aver trovato un nesso logico, «Favori elargiti o estorti, grazie all'appartenenza più o meno palese, a potenti associazioni!».

«L'ipotesi regge. Storie di persone succubi di maghi, santoni o sedicenti tali, vengono portate alla ribalta della cronaca ogni giorno. E una rete criminale opera sotto mentite spoglie».

«Già, non mancano i creduloni disposti a farsi spennare per ottenere successo, salute, amore».

«Eugenio Ulpia» ragionava ormai lanciato Stefano, «*La Signora delle Perle* gli appartiene: il finanziere ha interesse a radunare intorno a sé persone appartenenti a gruppi e strati sociali diversi, da tenere insieme, cementando l'alleanza, attraverso un'organizzazione capillare, che recluta gli adepti, ottimizzando i rapporti d'affari».

«Che gestisce in prima persona...».

«... esercitando un potere indiscusso e indiscutibile. Ha provocato l'incendio, per testimoniare che l'uso sacrilego del simbolo sacro, sulla carta di Elpidi, andava punito. Lui è il garante del patto».

«Se le cose stanno così, perché rapire Francesca?».

«Federico, sei stato tu a farci notare che il suo cognome, anagrammato, corrisponde a *Strega*» ragionò il funzionario di polizia, colpito da un'inquietante riflessione.

L'amico annuì: «Una casualità, certo, però abbiamo ritenuto che la circostanza l'avrebbe salvaguardata dalle ritorsioni: se sono così superstiziosi...».

«È quello che ho pensato anch'io. Finora».

Si guardarono: la pista individuata era plausibile, però tutta da verificare.

«Parto subito per Ascoli Piceno» decise Stefano, «Devo parlare con Mauro Elpidi, fargli capire da quale parte proviene il colpo. Questa implicazione potrebbe essere la causa della morte di suo figlio».

«Senza prove non ti ascolterà» ammonì Federico.

«Non posso aspettare oltre: sull'onda della sorpresa e dell'emotività, mi dirà più di quanto sarebbe disposto ad ammettere durante un interrogatorio formale. Nel passaggio di consegne, affiderò a un collega il compito di controllare Ulpia, di pedinarlo: se riesco a raccogliere qualche elemento sospetto, potrò tentare d'incastrarlo. Non ho la macchina di servizio, la mia è dall'elettrauto, mi presti la tua?».

«È qui davanti, ecco le chiavi».

«Avverti Lavinia e dille di non esporsi» concluse, dirigendosi verso la porta della galleria.

«Stefano, aspetta! È rischioso partire da solo, se le supposizioni sono giuste».

«Lo sono: strega o no, Francesca è in pericolo».

«E Shahin?» incalzò Federico.

«È collegato a Ulpia».

«Non lo conosceva, prima di domenica».

«Ma ne frequenta la figlia. È un'astuta manovra: il nostro uomo è furbo, abituato a sotterfugi ben più machiavellici, ad abili acrobazie verbali. Shahin non è il meno pericoloso, anzi. È quello che maggiormente si è tenuto da parte, ma non significa che non sia compromesso: lo terrà d'occhio Lavinia».

Poco persuaso, Federico lo lasciò allontanare e assistette alla sua partenza.

Come già da alcuni giorni faceva, si guardò intorno, alla ricerca della 500 grigia, parcheggiata in piazza Mignanelli.

Niente.

La sorveglianza era cessata.

Quando?

Tornò a chiedreselo, rientrando in galleria: con uno sforzo della sua eccellente memoria, cercò di richiamare alla mente un episodio, che gli consentisse di calcolare, sia pure approssimativamente, il periodo. Era avvenuto dopo la visita di Viviana a casa sua, mentre Lavinia era in Ascoli.

Ne era quasi sicuro. Ma come mettere in relazione i due avvenimenti?

O meglio, sottilizzò razionale come sempre, erano in relazione fra loro, oppure si trattava di una coincidenza?

Lavinia, che in quel momento perseguiva un ideale di giustizia, si rendeva conto del rischio a cui si esponeva?

Miss Kilt, perché non sei il trottolino amoroso di cui favoleggiano i cantautori innamorati?

Federico andò incontro a un cliente di riguardo, con un sorriso convenzionale, che l'aiutò a superare l'impulso distruttivo che lo assaliva pensando all'amazzone con la quale si trovava a dividere la sua esistenza.

36

Seduta ai piedi del tempietto di San Pietro in Montorio, Lavinia allungava le gambe coperte da un paio di jeans scoloriti sui gradini di marmo, approfittando del tiepido raggio di sole, che finalmente era riuscito a bucare la bassa nuvolaglia.

Disegnato dal Bramante, nel chiostro della chiesa omonima, quel giorno il luogo era frequentato da numerosi studenti: il viavai festoso e allegro, segnalava che si trattava di un momento particolare. Il clima effervescente era causato dall'arrivo delle vacanze di Natale.

A chi chiedere informazioni? E cosa chiedere?

Dietro gli occhiali scuri, la giovane donna rifletteva. Aveva scartato l'ipotesi diretta:

sperava che in quell'atmosfera prefestiva, il contatto giusto potesse capitare spontaneamente.

Riprese sulle ginocchia l'album degli schizzi, tracciando qualche linea, con dita intorpidite dal freddo. Nessuno sembrava badare a lei.

Nessuno, eppure si sentiva osservata, perciò non si sorprese, quando un'ombra si frappose fra lei e la luce livida.

«Che diavolo ci fa, qui?».

La voce di Viviana era sgarbata, aggressiva, ma era pure l'aggancio che Lavinia aspettava di trovare.

«Lavoro» rispose secca, squadrando con altrettanta inimicizia la vistosa ragazza, fasciata da una minigonna travolgente.

«Davvero? Come accattona non è credibile, come madonnara non ha abbastanza talento».

«Il tipo di talento che ami sfoggiare non dà sempre i risultati sperati» sorrise sprezzante Lavinia.

«Togliti quell'aria di superiorità dalla faccia, è fuori luogo: io avrei qualche lezione da darti, sul tuo uomo e l'adorabile Giunone» soffiò velenosa Viviana, certa di colpire nel segno.

Rimase delusa dall'indifferenza dell'interlocutrice.

La donna era anestetizzata dalla notte passata a riflettere, dalla tensione accumulata nelle ultime ore, dalla necessità urgente di trovare mandanti e colpevoli.

Non aveva riserve di energia, da disperdere sui casi personali.

Colse Viviana impreparata, domandandole, a bruciapelo: «Sai che Francesca è stata rapita, ieri pomeriggio?».

Lo sbalordimento di lei suonò autentico: gli occhi cangianti divennero grigi.

«Quando l'hai vista, l'ultima volta?».

«Sabato sera: siamo uscite con Shahin e altri amici, per andare in discoteca» rispose pronta, e scivolò accanto alla donna mostrando le gambe fino all'inguine, per la felicità di un gruppetto di ragazzi, poco lontani.

«Non ha accennato, non ha detto niente, che potesse far nascere sospetti?».

«No, dovevamo incontrarci ieri a Piazza Navona, ai *Tre Scalini*, alle cinque, per un giro nei negozi, in cerca degli ultimi regali natalizi. L'ho aspettata per una buona mezz'ora, poi me ne sono andata».

«È normale questo comportamento?».

L'altra alzò le spalle: «Veramente no: di solito chiama per avvertire se non può venire, ma dopo la morte di Paolo non è più la stessa. Perciò non me la sono presa. Le avrei telefonato oggi, a colazione».

«Puoi risparmiartelo: non la troverai» commentò amara Lavinia.

«Perché sostiene che è stata rapita? Quali prove avete?» s'incuriosì Viviana, senza emozione.

«Tu cosa penseresti di una ragazza che non torna a casa e non dà più notizie?».

«Che se n'è andata per i fatti suoi» dedusse spavalda l'amica di Francesca.

«Non è il tipo. Questo potresti farlo tu» precisò la donna con sarcasmo, «e poi, dove potrebbe andare? È sparita. Hanno ritrovato il suo ombrello in via Santa Maria dell'Anima, è l'unica traccia».

«Povera Francesca» commiserò Viviana alzandosi, «Non gliene va bene una, da quando…» e s'interruppe.

«Da quando ha rubato quella moneta, vero?».

«Già. Le avevo detto che era un talismano, invece le ha portato sfortuna» si allontanò sulle gambe da trampoliere, esibite dal collant color prugna e si diresse allegra e indifferente, verso un gruppo di giovani, che stava entrando nel portale d'ingresso.

Lavina li scrutò, uno a uno.

No, Shahin non era tra loro.

Si tirò su, un po' anchilosata dalla posizione non comodissima e lasciò errare lo sguardo tra le leggiadre colonne del tempietto. La tradizione vuole che in quel punto, sia stato crocifisso l'apostolo Pietro, mentre nella chiesa vicina, venne sepolta Beatrice Cenci, giustiziata a Castel Sant'Angelo.

Quando abbassò gli occhi, incrociò le pupille di ebano di Shahin.

«Cercavi me?».

«Sì».

«Cosa vuoi?». La voce lenta e strascicata, aveva dei suoni gutturali che ferivano l'orecchio, forse per l'uso dei secchi monosillabi, scagliati con forza sprezzante.

«Sapere perché ci tieni tanto a recuperare *La Signora delle Perle*».

Neanche un muscolo del viso di pietra si alterò.

«È un'idea tua» rise il ragazzo, scoprendo denti candidi e aguzzi.

«Viviana l'ha presa a suo padre, per darla a te, vero? Altrimenti non sarebbe stato così facile portarla via» ipotizzò la donna, «Oppure, pensavi di chiederla a Ulpia?».

Un lampo scaldò la fissità ieratica di quei lineamenti imperturbabili.

«Non capisco cosa dici».

«Di' tu, allora».

«Sai dov'è?».

«Forse» barò Lavinia con finta indifferenza, decisa a giocare fino in fondo a quel gioco pericoloso.

«Vieni stasera alle otto ai Santi Quattro Coronati. Sola» precisò Shahin, voltandole le spalle e andando incontro a Viviana.

Poche gocce di pioggia si persero sull'asfalto; Lavinia si affrettò verso la Mini, l'album da disegno in testa per ripararsi e l'impressione di essersi cacciata in un vicolo cieco, che poteva scattare intorno a lei, come una trappola.

Doveva avvertire Stefano.

37

La pioggia, che partendo da Roma era rada e intermittente, si era via via trasformata in una griglia fittissima; il cielo color grisaglia spremeva dalle nubi basse acqua senza fine.
Stefano tirò un sospiro di sollievo imboccando il viale d'ingresso di Ascoli Piceno: la natura arcigna non gli aveva consentito di rilassarsi un attimo, da Rieti in poi. Sentiva la necessità di una pausa. Parcheggiò davanti al Duomo, dedicato a Sant'Emidio, inoltrandosi a piedi nella stradina dove mangiare e chiedere ragguagli per raggiungere l'abitazione di Elpidi.
Il ristornate era chiuso per il turno di riposo settimanale: a Stefano non rimase che ripercorrere via Tornasacco, per un frettoloso caffè. Avute le indicazioni, risalì in macchina e

passò tra le mura tufacee della città, buia di temporale, arrestandosi davanti a un dedalo di viuzze tortuose, che immettevano nella zona medievale, sottolineata dalle torri gentilizie. Abbandonò riluttante l'auto sotto un vistoso cartello di divieto di sosta, a fianco della chiesa dei Santi Vincenzo e Anastasio: la annotò mentalmente come piazza della Quintana, per essere certo di ritrovarla e si avventurò in via delle Donne.

A ogni passo, sotto l'acqua fitta e ostile, cresceva in lui l'ansia per l'incontro inaspettato e l'angoscia sulla sorte di Francesca. Arrivato al portone di via Solestà, provò l'impressione di essere schiacciato dalla torre medievale che bucava la pioggia, ma appena suonato il campanello, riprese il controllo di sé.

Alla scontrosa domestica che lo introdusse nel tiepido e angusto ingresso, dovette ripetere tre volte il proprio nome.

Fu lasciato a sgocciolare sul pavimento color sangue di bue e cenerino: le mattonelle quadrate formavano un motivo geometrico, interrotto da un pesante armadio di quercia, fiancheggiato a sua volta da due seggiole a schienale rigido e l'aria scomodissima, ricoperte di velluto damascato rosso.

La domestica ricomparve dall'archetto che immetteva su una scala stretta, dai gradini lucidati a cera; una porta bassa, incorniciata da travi nere contro il soffitto grigio, venne aperta dalla donna.

«Il dottore scende subito. Se intanto vuole accomodarsi».

Si tirò da parte, per far entrare il visitatore in quella che doveva essere una stanza di passaggio. Dal finestrone mono foro affacciato sul gorgogliante Tronto, entrava la luce opaca del giorno, aggiungendo malinconia all'arredo essenziale, al pavimento spoglio, ai quadri con cruente scene di caccia, al pianoforte a mezza coda, addossato alla parete di fondo e coperto da un drappo scuro, filettato d'oro, dove era appoggiata una sorridente foto di Paolo dentro una cornice di fattura modernissima, in vetro lucente.

Su quel ritratto, si appuntò l'attenzione di Stefano che lo prese in mano per studiarlo, finché non sentì aprirsi il battente: nel rettangolo della porta, si stagliò la sagoma di Mauro Elpidi.

«Con chi ho il piacere?» esordì il padrone di casa squadrando con poca considerazione il nuovo arrivato, dall'aspetto dimesso e infelice, nell'impermeabile sgualcito e chiazzato di pioggia.

«Stefano Marchi, funzionario della polizia di Roma. Sono in contatto con Lavinia Luni: da lei ho avuto il suo indirizzo» dichiarò, esibendo il tesserino di riconoscimento.

«Non mi ha avvertito» rispose sostenuto Elpidi, studiando con diffidenza il documento.

«Non c'è stato tempo, è accaduto un fatto grave: ieri sera Francesca Gaster è stata rapita» annunciò, fissandolo in faccia.

Un'espressione di spaventata incredulità apparve sul viso dell'uomo:

«La ragazza di Paolo? Ma perché?» chiese con sincera disperazione.

«Lei non può fornirci una versione sul possibile movente?».

Elpidi si passò una mano sulla guancia ben rasata, quasi a controllare che non fossero rimasti residui di barba, poi finalmente sembrò riscuotersi e invitò, con voce spenta: «Si accomodi, prego».

Stefano prese posto su un sedile di stile rinascimentale: si tolse l'impermeabile fradicio e, appoggiandolo sul curvo bracciolo, attese che il padre di Paolo seduto davanti a lui, iniziasse il colloquio.

«La morte di mio figlio ha sconvolto la nostra esistenza: questa catena di disgrazie, che non accenna a finire, mi sgomenta. Perché colpire anche Francesca?».

«Tutto è cominciato con il furto della moneta di rame, chiamata *La Signora delle Perle*».

«Me l'ha rivelato la signora Luni. All'inizio, trovavo la tesi incredibile, addirittura insostenibile, eppure...».

«Eppure?» incalzò Stefano.

«Ho avuto la conferma da Eugenio Ulpia, che si trattava di un oggetto privo di valore intrinseco, ma di grande significato, legato a un antico culto. Lui lo aveva acquistato da un celebrante infedele, che lo aveva sottratto al tesoro di un tempio andato distrutto. È un *mandàla*, un talismano al quale la tradizione attribuisce un fluido potente, una forza carismatica, accresciuta nel corso dei secoli. Gli ho telefonato, dopo la visita della sua collega e gli ho raccontato quanto mi aveva accennato su quel simbolo». Spiegò l'industriale, imbarazzatissimo.

Stefano lo guardò, ansioso: «Quali altri particolari ha aggiunto, Ulpia?».

«Disgraziatamente, Paolo era venuto in possesso della moneta sacra tramite Francesca: è stato ucciso da un sicario, alla cui setta religiosa, appartiene *La Signora delle Perle*. Per quella gente, il furto costituisce un atto sacrilego: il colpevole è stato giustiziato, Paolo ha pagato per la profanazione, ma Francesca...» Elpidi nascose la faccia tra le mani.

Il funzionario lo aveva seguito con attenzione spasmodica; con ira domandò: «Perché non ha comunicato a nessuno queste informazioni?».

«Sono di carattere riservato» si difese lui, «Ulpia mi ha raccomandato il segreto, per evitare guai peggiori».

«Ossia lo ha minacciato!».

«Mi ha fatto capire che era impossibile opporsi a un fanatismo crudele e sanguinario, che non conosce pietà!».

«E alla fine di Marcello Amerighi non ha accennato?».

«No» balbettò l'uomo.

«Neanche dell'incendio alla cartiera di cui è responsabile il suo uomo di fiducia, ha parlato?».

Il padre di Paolo lo fissò, il volto grigio come le nuvole che premevano i vetri.

«Ulpia ha dovuto farlo, per dimostrare la propria estraneità al furto, per spezzare la catena di delitti».

«Estraneità? Si rende conto che tutti gli indizi conducono alla sua colpevolezza? È lui l'istigatore, il mandante, ha speculato sui suoi sentimenti» esplose con rabbiosa violenza Stefano.

«Piano con le conclusioni, dottor Marchi» Mauro Elpidi scattò in piedi come una molla, «Ulpia gode della mia piena fiducia, è un amico e mi ha aiutato a superare un momento delicato: non intendo coinvolgerlo in accuse di assassinio! Si è trattato di un insieme di circostanze incontrollabili: anche lui è minacciato e in pericolo di vita, se *La Signora delle Perle* non salta fuori!».

«Le ha mai parlato di un'associazione con lo stesso nome, di cui è a capo?».

«No, mai» asserì Elpidi, con sospetta precipitazione.

«Lei pecca d'ingenuità» osservò con disprezzo Stefano, «Ulpia la sta raggirando.

Nonostante quell'uomo abbia sulla coscienza la morte di suo figlio, dell'amico, forse di Francesca, continua a difenderlo».

Il padre di Paolo crollò sul sedile.

«Non è vero!» mormorò con voce rauca.

«Per punirla di aver usato come logo l'emblema sacro, le ha incendiato mezza fabbrica, per dimostrare che la sua giustizia è spietata, ha ucciso gli ignari trasgressori» enumerò implacabile il funzionario, finalmente certo di avere la soluzione del caso.

Il dubbio seminato si faceva strada in Mauro Elpidi, che calcò il viso tra le palme, con un gesto di orrore: «È impossibile!».

«C'è lui, a capo della macchinazione, ha troppi interessi da difendere. Non la farà franca ancora per molto. Troveremo le prove che lo schiacceranno» assicurò Stefano cupo e deciso, «Non ostacoli con la reticenza il corso della giustizia: rifletta con calma, avvisi me o la signora Luni di qualunque elemento utile alle indagini e renda una dettagliata deposizione all'autorità competente».

Lasciò un biglietto da visita sul pianoforte, sotto la foto sorridente di Paolo e guardò l'uomo accasciato dal peso del sospetto, che mormorava con aria inebetita: «È come se fosse morto un'altra volta».

Il funzionario esitò, poi gli ricordò con foga: «Lei può contribuire a far saltare l'abile castello di menzogne costruito da Ulpia, per esercitare il potere: l'aiuterà a continuare il suo cammino e a trovare la rassegnazione al grande dolore che l'ha colpita».

«Niente mi restituirà il mio ragazzo».

Il visitatore riprese l'impermeabile malconcio e si avviò, da solo, lungo il corridoio.

Alcuni tasselli mancavano. Restava da chiarire il ruolo svolto da Viviana, sedicente amica e di Shahin Mahel. Il suo istinto gli suggeriva che le due figure nell'ombra, avevano un ruolo determinante. Lo stomaco di Stefano si aggrovigliò, per la tensione. Lavinia era alle calcagna di quello tra i due, che più lo inquietava.

Poteva essere in grave pericolo.

Fuori, una grigia cortina di nebbia saliva dal fiume: il viaggio di ritorno verso Roma, sarebbe stato eterno, scandito da certezze acquisite e amareggiato da una speranza sfumata.

38

Federico scaraventò il ricevitore del telefono sulla gruccia, con un gesto di rabbia. Aveva tentato di mettersi in contatto con Lavinia, per tutto il giorno, senza mai trovarla a casa e adesso, alle otto di sera, non era ancora rientrata.
Preparò la ciotola per Giunone, poi andò a cercarla: la gatta era in salotto, sotto il basso tavolino, ad arrotarsi le unghie contro il legno.
O almeno, così sembrava.
«Cosa combini?» la rimproverò, irritato di quell'accanimento che non le era abituale.
Si abbassò per tirarla su e un tondino minuscolo rotolò silenzioso sul tappeto.
Sorpreso, Federico si chinò a raccoglierlo e studiò con attenzione l'oggetto, prima di arrivare a decifrarlo: «Un microfono! Ma chi…».

Un lampo di luce gli squarciò il cervello, mentre Giunone soddisfatta, con la sua flessuosa andatura, si dirigeva in cucina, per godersi il meritato pasto.

Federico rigirava il meccanismo, staccato dalle zampe del felino e pensava a Viviana. l'unica estranea che aveva avuto accesso a casa sua e campo libero per piazzare la cimice, vanificando una sorveglianza diretta a Lavinia e a lui stesso.

Una nuova minaccia.

Imprecò ad alta voce e cercò febbrilmente il numero di casa Gaster; forse era dalla nonna di Francesca, doveva avvertirla affinché stesse in guardia.

«Mi dispiace, la contessa non si sente bene: ha avuto un attacco di angina» rispose addolorata la cameriera.

«La signora Luni è lì?».

«No, è passata stamattina presto».

«Ho urgente bisogno di contattarla, ha idea di dove possa trovarla?».

«Non saprei davvero» rispose l'altra, scombussolata.

«E Viviana Ulpia?» tentò Federico, sempre più concitato.

«È venuta per un momento, nel pomeriggio, ma si è trattenuta pochissimo» informò la donna, stupita dall'insistenza.

«Grazie, mi scusi e faccia tanti auguri alla signora» concluse lui, ricordando le buone maniere.

Telefonò a Stefano: l'amico era evidentemente ancora in viaggio e anche alla Centrale, nessuno aveva sue notizie.

E Lavinia?

Riprovò a casa.

Gli squilli si susseguivano a vuoto e sembravano cadere in un abisso senza fondo, mentre l'uomo continuava a fissare come ipnotizzato il nome Gaster, segnato sulla rubrica. La mente accavallava mille pensieri, scomponendo le lettere.

Strega.

La minaccia di bruciarla, lanciata a Francesca dall'attentatore la sera del sabotaggio all'ascensore, si riferiva a lei.

Forse, rifletté Federico riagganciando, non era affatto un'assicurazione d'incolumità, per la ragazza: la superstizione poteva aver dato luogo alla vendetta, tenendo conto del significato nascosto nel nome.

Un significato che poteva essere esteso a un'altra donna.

Il sangue dell'uomo raggelò.

Doveva trovare Lavinia.

Forse il telefono era isolato, forse aveva staccato la spina.

Forse le era successo qualcosa.

Sentiva che era in pericolo.

Prese da un cassetto il duplicato delle chiavi di casa della sua compagna, inserendo la segreteria telefonica. Se nel frattempo l'avesse chiamato, avrebbe potuto ascoltare il messaggio da fuori.

Il pensiero che non volesse farsi trovare, dopo la discussione della sera precedente, lo sfiorò, ma il sospetto durò appena un secondo.

No, rifletté, non apparteneva al modo di agire di Lavinia, scomparire senza accettare un contraddittorio: lei era portata piuttosto ad aggredire le situazioni, non si sarebbe mai negata, con una fuga puerile.

Uscì di corsa e Giunone scosse la bella testa, leccandosi i baffi, preoccupata di quell'ennesimo abbandono.

Avrebbe dormito sul letto di Federico.

Si avviò scontenta verso l'oggetto dei suoi desideri, avvertendo una nefasta elettricità nell'aria, carica di pioggia.

39

I lampioni infissi nel muro di cinta, oscillavano al vento, mentre la pioggerella compatta frastagliava a intermittenza l'alone di luce giallastro.

Entrata nel primo atrio, appena rischiarato da una grossa lanterna, sospesa sull'arcata d'ingresso, Lavinia si fermò, guardandosi intorno nella fioca luce. Nel portico, la cappella di San Silvestro, con affreschi bizantini del XIII secolo, era seminascosta da un'impalcatura metallica. Non c'era anima viva e avanzando verso l'atrio di destra, trovò la porta della chiesa sigillata.

Sempre più perplessa, tornò sui suoi passi, rammaricandosi di non aver potuto avvertire nessuno di quell'appuntamento, in un luogo che, benché dedicato al culto, suscitava in lei i ricordi sinistri di una certa Roma medievale, dov'era facile cadere preda di tranelli e agguati.

«Vedo che sei venuta sola, brava!» commentò una voce, creata apparentemente dai mulinelli di vento.

Si voltò di scatto: scaturito dal nulla, Shahin sorrideva sardonico.

«Hai con te *La Signora delle Perle*?».

«Pensi che sia tanto sciocca da consegnartela, senza garanzie?» lo affrontò subito sulla difensiva.

Lui aggrottò le sopracciglia, assumendo un'espressione pericolosa: «Di quali garanzie parli? Hai frainteso il senso dell'incontro: rischi la morte, se non mi dici tutto quello che sai, al riguardo».

«Dov'è Francesca?» aggredì lei.

Shahin ebbe una risata sulfurea: «Non l'ho sequestrata io».

«Qualcuno con la tua connivenza».

«Rapirla non avrebbe avuto senso» dichiarò sprezzante, «Noi non facciamo prigionieri. Quella strega non ha nessun potere, non ha il *mandàla* ed è solo una donna. Non vale al pena di esporsi»

Lavinia reagì alla paura che si infiltrava in lei, insieme alle goccioline di pioggia:

«E allora, chi?».

«Non sono qui per rispondere alle tue domande, ma per ottenere risposte precise» la interruppe violento, «Dov'è il simbolo sacro?».

«Perché ti interessa?» insisté la donna, decisa a sfruttare fino in fondo, l'esiguo margine di vantaggio che le dava fronteggiare almeno una delle persone implicate nella vicenda.

A qualunque costo, doveva strappargli una rivelazione: un'opportunità simile, non si sarebbe ripresentata.

«Non lo hai ancora scoperto?» beffò lui, «Appartiene alla nostra religione: è un emblema. È caduta in mani impure, per la cupidigia di un confratello che ha tradito; chiunque la possieda, merita la morte. Questo vale anche per te, se la nascondi».

La sentenza scese nell'aria immobile, imbavagliata dagli spilli aguzzi della pioggia.

Lavinia finse d'ignorare la minaccia, restando in apparenza impassibile.

«E Ulpia?».

Lui sorrise con feroce determinazione.

«Ne ha fatto un uso sacrilego e illegittimo. Non aveva nessuna facoltà di auto proclamarsi suo sacerdote e officiante. Certe prerogative sono riservate agli iniziati e a pochi eletti. Solo a un capo prescelto e riconosciuto, è consentito elevare sacrifici e presiedere ai riti».

«E tu, per rappresaglia, hai ucciso, immolando due innocenti, per punirli della loro ignoranza di un dogma delirante e arcaico?» mormorò lei, inorridita.

«Non si discute l'operato dei custodi della *Signora delle Perle*: la forza e l'alleanza tra spirito e materia per i nostri antenati, risiedono nel *mandàla* di cui oggi siamo i legittimi proprietari. Il sacro segno deve tornare nel tempio, purificato. Porteremo a termine la nostra missione» concluse il settario, con spietata determinazione.

«Eugenio Ulpia si frappone tra te e la realizzazione del tuo scopo».

«Tra breve, sarà in condizione di non nuocere» assicurò lui, con un ghigno sinistro.

«Allora non è tuo complice...» mormorò Lavinia colpita, «Ti sei servito di Viviana. Attraverso la figlia, volevi riprenderti la moneta!».

Shahin la fissò con occhi lucidi di collera: si avvicinò lentamente, imprigionandola e schiacciandola, con mossa brutale, contro il pilastro di pietra davanti alla chiesa.

«Tu non sai niente di niente. Vuoi unicamente informazioni. Sei una donna intrigante e sciocca. Meriti una lezione».

Le intenzioni di Shahin apparvero subito inequivocabili e Lavinia si sforzò di raccogliere le briciole che le rimanevano del proprio traballante coraggio, opponendo argomentazioni a una violenza che non sarebbe stata in grado di arginare. Occorreva la barriera di una difesa dialettica plausibile.

«Ho avvertito la polizia che, se non fossi comparsa sulla soglia entro un quarto d'ora, avrebbe potuto intervenire. L'intero edificio è circondato. Sei in trappola».

«È un tempo più che sufficiente» assicurò il ragazzo, premendola con il peso del suo corpo, contro il pilastro.

Shahin estrasse con moto fulmineo, un coltello e tagliò, con la lama affilata il giaccone, seguendo la linea ondulata della cerniera; con la destrezza di un giocoliere, incise il maglione di lana e la sottile camicia. Il busto denudato, sgusciò dalle vesti stracciate e la pelle rabbrividì, ricevendo la sferzata della pioggia gelida, insieme al contatto delle dita avide.

Lavinia si divincolò, terrorizzata: sentiva montare in lui l'implacabile voglia di ferirla, di offenderla brutalizzandola e cercava di mantenere la calma, per trovare un'idea che la mettesse al riparo dall'oltraggio che già le bruciava la carne.

Lottava silenziosamente. Disperata, si rese conto che non c'era modo di sfuggirgli: era consegnata alla sua violenza rapace.

La pietra umida le scorticava mani e polsi; a ogni movimento per sottrarsi al contatto ripugnante, i capelli s'impigliavano nelle fessure sconnesse, strappandosi con un rumore di seta.

Sentì in lontananza, i lamenti soffocati di una donna e solo dopo un lungo istante, riconobbe la propria voce, affievolita dall'orrore che le paralizzava la gola.

Shahin, benché impacciato dagli abiti, era certo di avere ragione su di lei e sogghignò alla vittima inerme:

«Imparerai a tue spese, cosa significa battersi contro i seguaci della *Signora delle Perle*».

Frenetica, Lavinia tentò di reagire, di ribellarsi con un trasalimento di repulsione che scatenò l'ira del fanatico: l'immobilizzò con brutalità, ingigantita dall'esasperazione di dover consumare in fretta il rapporto, reso difficile dalla scomoda posizione e dalla strenua resistenza opposta dalla donna.

Semisvenuta, Lavinia capì che non avrebbe potuto lottare ancora a lungo e sentì il sale delle lacrime, rigarle la pelle, in un singulto di amara sconfitta.

La luce di due fari, puntati contro il portone, bucò il pozzo d'ingresso all'inferno; la campanella del convento cominciò a suonare con un tintinnio argentino, che annunciava la fine di un incubo.

Shahin le puntò il coltello alla gola e le tappò la bocca, minacciando concitato: «Se gridi, ti ammazzo!».

La lasciò così bruscamente, che Lavinia scivolò a terra, incespicando nei jeans, attorcigliati intorno alle ginocchia; istintivamente, appoggiò il palmo delle mani spellate, sul pietrisco viscido, per non sbattere la faccia, mentre vedeva avvicinarsi l'alta figura vestita di bianco, che aveva fatto dileguare, nella fitta nebbia, il fanatico Shahin.

40

Il rum bollente stava riportando un po' di colore sulle gote di Lavinia. Seduta sul divano di casa, fissava con sconfinata gratitudine Federico, dritto in piedi davanti a lei e altrettanto sconvolto.

«Ancora non mi hai detto come mi hai trovata» bisbigliò, la voce arrochita dallo spavento e dal freddo.

«Sono passato a cercarti» raccontò il suo compagno, sforzandosi di infondere una nota tranquillizzante alla voce pacata, «Ho trovato la guida di Roma, aperta alla tavola del Colosseo e un percorso stradale, segnato con il pennarello blu. Conoscendo il tuo scarso senso di orientamento, ne ho dedotto che dovevi esserti diretta in quella zona che poco frequenti: poiché l'itinerario si concludeva ai Santi Quattro Coronati, sottolineato con tre righe, mi è sembrato evidente che quel complesso monumentale doveva aver suscitato il tuo interesse. Perché e come mai, sono venuto di persona a scoprirlo» concluse, sedendosi accanto alla donna, visibilmente provata.

Lavinia ebbe un brivido e chiuse gli occhi, appoggiando con una smorfia di dolore, la nuca alla morbida spalliera.

«Sei sicura di non volere un medico?» le ripeté lui, preoccupato e scosso.

«No. Il bagno caldo mi ha fatto sentire subito meglio; quanto ai lividi e alle escoriazioni, guariranno da soli. Poi con il tempo, spero di dimenticare».

Dietro le palpebre abbassate sullo sguardo terrorizzato, sfilò la processione di quegli attimi terribili, interrotti dalla luce dei fari e dall'apparizione provvidenziale di Federico. L'aveva tirata su per i gomiti, imprecando senza ritegno, non sapeva contro chi.

«Hai suonato tu la campanella?».

«Quando ho visto la tua macchina, parcheggiata nello spiazzo antistante la chiesa, ho pensato che fossi nel convento, per ragioni note a te sola! Invece, mentre entravo, ho incrociato quel viscido individuo, che quasi mi ha travolto nella sua fuga precipitosa. Stavo per inseguirlo, poi ho realizzato che quel mucchietto di stoffa a terra, eri tu».

L'abbracciò con un movimento protettivo, troppo sollevato di poterla stringere a sé, livida e graffiata, per rimproverarle di essersi esposta, con colpevole imprudenza.

Mentalmente, si augurò che l'incidente le sarebbe servito, in futuro, a non buttarsi alla cieca e sospirò affettuoso: «*Miss Kilt*, sei un'incosciente» baciandola su una tempia, dove il contorno bluastro di un livido, pulsava su una vena.

Il campanello della porta suonò, strappandoli al calmo silenzio e Federico andò ad aprire.

Stefano affannato, con aria stravolta, lo interpellò ansioso: «Ho ricevuto il tuo messaggio alla Centrale: cos'è successo di preciso?».

«Lavinia ha accettato d'incontrare Shahin da sola e l'appuntamento poteva finire peggio».

«Come sta?».

«Entra e giudica».

La donna tentò un sorriso disinvolto alla vista dell'amico, comparso sulla soglia: anche lui, sembrava ripescato da un canale.

Reduce dal viaggio in Ascoli e dalle congetture complesse seguite al colloquio con Elpidi, lo spavento causato dalla sibillina comunicazione telefonica, lasciata da Federico, non aveva avuto una benefica influenza.

«Hai l'aspetto di un annegato» criticò indulgente Lavinia. Avvolta in un caldo plaid e sostenuta da due cuscini, era consapevole di non offrire un'immagine migliore.

«Pure tu non scherzi» ricambiò infatti l'uomo, cogliendo con sollecita premura il tentativo di sdrammatizzare, presente in quelle parole di sollevato benvenuto.

Si sfilò l'impermeabile, che Federico afferrò al volo e portò via, prima che allagasse il tappeto.

«Nessuno usa più l'ombrello?» brontolò, allontanandosi.

Stefano si sedette davanti a Lavinia e le strinse dolcemente le dita, dalle unghie spezzate.

«Mi dispiace tanto, cara. Non pensavo che fosse così pericoloso. Ho avuto il torto di sottovalutarlo».

«È solo colpa mia. Ho cercato di avvertirti, tu non c'eri e sono andata ugualmente».

«È stato un susseguirsi di circostanze, che ci hanno fatto perdere di vista la necessaria prudenza».

«Stefano, Ulpia non è coinvolto nei due omicidi. Il pazzo sanguinario è Shahin. Appartiene a una setta religiosa: ha ucciso per rientrare in possesso del loro simbolo sacro. Anche il finanziere è in pericolo».

Il funzionario la fissò.

«Lo sospettavo, anche se *La Signora delle Perle* gli appartiene».

Lavinia scosse la testa.

«È stata acquistata da lui, che l'ha usata per i suoi scopi, per esercitare un potere che si è arrogato, facendo leva sulla credulità e la superstizione. Gli adepti, i veri depositari, hanno tentato, attraverso Shahin, di recuperarla».

«Il cerchio si chiude» mormorò Stefano, «E con la tua testimonianza, lo inchioderemo».

Federico suggerì, tornando con un bicchiere di rum caldo per l'amico: «Ulpia semmai, potrebbe aver rapito Francesca, per saperne di più».

«Probabile; dunque non è né l'assassino, né il mandante degli omicidi. Il dato sicuro è che la fabbrica di Elpidi l'ha sabotata lui: l'ha confermato il padre di Paolo».

«Il colpevole è Shahin, è lui il criminale» asserì Lavinia lucida, benché stremata. Federico si chiese quando sarebbe crollata. «Viviana è stata uno strumento nelle mani di quel fanatico: lei è l'anello della catena che unisce Francesca, Paolo, Marcello, a Shahin Mahel. Tutti suoi amici!».

«La ricostruzione è esatta: la figlia di Ulpia sottrae la moneta alla collezione del padre; facile, per lei. La ragazza l'ha conosciuto in Svizzera, se n'è invaghita, lui fa di tutto per sedurla e la irretisce, convincendola a consegnargli *La Signora delle Perle*. Nessuno dei due può immaginare che Francesca, attratta dal talismano, lo ruba».

«Sì, è andata così» sospirò Lavinia.

«E la sparizione di Francesca?» la domanda di Stefano era angosciata.

«Secondo i dogmi che regolano la setta, chiunque venga in possesso del sacro *mandàla*, merita la morte» spiegò l'amica, rabbrividendo. Tacque la sentenza spaventosa: *noi non facciamo prigionieri...*

Stefano lanciò un'occhiata alla faccia contratta e concluse: «Convocherò alla Centrale Eugenio Ulpia, sua figlia e Shahin Mahel: il caso è ancora mio, con questi nuovi elementi».

«Dove pensi di rintracciarlo?» chiese Federico che avvertiva in tasca il peso della cimice trovata a casa sua.

Non sarebbe stato difficile scoprire dove venivano raccolti i messaggi.

«Diramerò i dati segnaletici con l'identikit: lo acciufferemo». I vapori caldi del rum gli scaldavano le ossa e avvolgevano i pensieri in una nuvola di bambagia, dove sarebbe stato bello adagiarsi.

Reagì alzandosi.

«Vi saluto».

«Rimani qui, stanotte» propose lei, comprensiva.

«Devo tornare a casa. Potrebbero cercarmi in qualunque momento». Il pensiero di Francesca lo attanagliò a tradimento.

«Dai questo numero alla centrale» suggerì Federico, al quale premeva metterlo al corrente del ritrovamento, senza agitare ulteriormente la sua compagna, «Domattina, a mente fredda, penseremo alla prossima mossa. Dormirai sul divano, adesso ti prendo un cuscino».

Lavinia approvò, aggiungendo affettuosa: «Non discutere Stefano, è energia sprecata e ne avremo bisogno».

«Avvertirò i colleghi della sala operativa» decise Stefano, ripiombando sulla poltrona. Fissò il volto pallido dell'amica, dove erano evidenti le tracce del selvaggio assalto subito e domandò angosciato: «Francesca sarà ancora viva?».

Lavinia non fu in grado di rassicurarlo, ripensando alla frase di Shahin: *non l'ho rapita io*.

«Stasera ho fatto un'interessante scoperta» avvertì Federico rompendo gli indugi, rivolto all'amico, «Vi darò domani i ragguagli» promise nel vano tentativo di aggiornare il resoconto, concedendo a ognuno di loro una tregua.

«Niente affatto!» si intromise Lavinia, tornando a sedersi, «Abbiamo tutta la notte davanti a noi, per ricomporre il quadro».

«Tu hai bisogno di riposare» ammonì Federico.

«Credi che riuscirei a dormire?» mormorò lei, senza poter trattenere un brivido.

I tre si fissarono.

Le ore notturne sarebbero scivolate più in fretta se avessero potuto stanare dall'ombra in cui si erano rifugiati, gli avvoltoi che aspettavano di nutrirsi della loro angoscia.

41

La relazione preparata da Stefano Marchi, ripercorreva i punti salienti esaminati a casa di Lavinia e sviscerati durante la notte. Il ritrovamento della microspia, nell'abitazione di Federico, aveva aggravato la posizione di Viviana Ulpia, ma né lei né suo padre si erano presentati alla convocazione ufficiale. I loro avvocati avevano preparato le memorie difensive, loro erano tornati in Svizzera.

Il funzionario continuava a scorrere le righe. La moneta era stata rubata al collezionista nel periodo estivo, durante il quale il finanziere non si trovava a *Villa Venus*: non ne aveva denunciato la scomparsa, sostenevano i legali, perché conosceva il colpevole, Paolo Elpidi; era socio di suo padre e non voleva metterlo nei guai.

Rigettavano l'ipotesi che a sottrarla fosse stata la figlia e, in ogni caso, non sarebbe stata perseguibile. Il padre non l'avrebbe certo accusata.

Peraltro, era l'unica in grado di agire a colpo sicuro, conoscendo l'esatta collocazione della *Signora delle Perle*. Marchi aveva sottolineato che era arrivata in seconda battuta, nelle mani del ragazzo: la presenza dei due giovani, ospitati non per farli incontrare, ma per fornire un alibi ai due complici, era premeditata.

Viviana insieme a Mahel, aveva concertato ed eseguito il furto. Quando la sparizione della moneta fosse stata scoperta, l'accusa sarebbe facilmente ricaduta su Francesca e Paolo. Per una disgraziata fatalità, l'amica se n'era impadronita davvero e l'aveva tenuta per sé, condividendo solo in seguito, con il suo ragazzo, il racconto dell'azione commessa, senza prevederne le conseguenze.

Stefano era andato oltre nei giorni passati: gli accertamenti richiesti sull'attività di Ulpia, avevano prodotto una serie di incartamenti, che stava ancora valutando, ma che avrebbero ampliato l'indagine. L'utilizzo del simbolo sacro, era legato alla costituzione di una società dalle finalità tutt'altro che limpide. Uno statuto ricattatorio, diramazioni internazionali e una moltitudine d'interessi al limite della legalità emergevano dall'istruttoria, che era ben lungi dal dirsi conclusa. Molti segreti erano nascosti sull'imbarcazione che batteva bandiera panamense.

Le imputazioni si sarebbero allargate a macchia d'olio.

La dichiarazione di Mauro Elpidi, i suoi sospetti, la ricerca di testimoni per provare il coinvolgimento di Ulpia nell'incendio della cartiera, erano fatti concreti: il labirinto stava per essere esplorato.

Un altro importante tassello si era aggiunto: la sera del sabotaggio all'ascensore, Viviana e Shahin avevano riaccompagnato a casa Francesca. Di notte, con la pioggia, per il giovane, era stato facile sgattaiolare non visto. Era stato lui a manomettere l'impianto, lei a trattenere l'amica, il tempo necessario per permettergli di entrare e spaventarla. La sua presenza, la fuga dalla terrazza sul tetto, trovava un riscontro nel documento, perduto nel vano delle cabine idriche. Confrontato con le matrici all'Accademia di Spagna, grazie al numero di serie, era un'ulteriore prova, confermata dal sopralluogo alla segreteria.

La centrale di ascolto della microspia era stata prontamente rintracciata: uno scantinato, affittato a nome di Shahin Mahel e la portiera aveva reso un'accurata descrizione della giovane che spesso lo accompagnava. Viviana non era tipo da passare inosservata. Inoltre, la 500 grigia che Federico aveva notato spesso, era intestata alla ragazza.

Interessante il profilo di Shahin Mahel: lui cercava giustizia. Era nato in un piccolo villaggio ai piedi dell'Himalaya bagnato dal Gange, nella regione del Bihar, ai confini tra il Nepal e il Bengala. Il luogo, in sanscrito significa "dimora" perché lì erano stati edificati i primi monasteri buddisti. Aveva studiato a Patna, ma tornava spesso nella zona, dove frequentava i maestri *hindi*.

Le note sul ragazzo disegnavano un quadro preciso: voleva rientrare in possesso della *Signora delle Perle*, legata alle sue radici, con ogni mezzo. Viviana si era fatta coinvolgere, Eugenio Ulpia temeva di scatenare reazioni incontrollate nei seguaci della setta che non aveva messo in conto e aveva agito di conseguenza.

Mentre i due omicidi trovavano una loro logica, nel fanatismo e l'attentato alla cartiera Elpidi una dichiarazione di estraneità ai fatti criminosi e il tentativo di depistare le indagini, il sequestro di Francesca restava un mistero.

Stefano si passò una mano fra i capelli scomposti: da tre giorni non dormiva, o meglio, se chiudeva gli occhi, vedeva il volto disperato della ragazza. E si svegliava di soprassalto.

Un collega bussò alla sua porta, con un fax in mano: «Scusa Marchi, ma questo ti interesserà. È la risposta alla segnalazione, diramata in tutto il paese».

Stefano prese il foglio e lo scorse velocemente. Un sorriso di soddisfazione si stampò sul suo viso.

"Catturato ad Aosta, alle 15 di oggi, Shahin Mahel, in una località a 30 km dal confine svizzero. Precipitato per un colpo di vento dal deltaplano munito di un piccolo motore. Ferito, condizioni non gravi. Trasporto possibile entro due giorni".

«È il tuo assassino?».

«Sì, è lui».

Shahin era nelle mani della giustizia, avrebbe parlato, ne era sicuro: i fanatici come lui spiegano le motivazioni, si battono per una causa santa. Contro il cinismo e la superbia di chi disprezza le loro tradizioni. Avrebbe confessato, per esibire come esempio di coraggio, la propria testimonianza di fede. E avrebbe pagato anche per il tentato stupro a Lavinia.

Ma avrebbe risolto l'enigma rappresentato dalla sparizione di Francesca? Stefano tremò al pensiero che fosse stata sadicamente sacrificata al culto della *Signora delle Perle* dal feroce adepto, per liberarsi di lei, prima della fuga.

42

Tutto era iniziato lì e adesso il cerchio si saldava. Lavinia, stretta nel lungo cappotto di montone scamosciato, seguiva con malinconia il perimetro del laghetto; calpestando cautamente la ghiaia diseguale, riandava con la mente alle settimane appena trascorse.

Shahin, esaltato genio malefico, aveva confessato con sfrontato cinismo, i delitti compiuti: anche Eugenio Ulpia e Mauro Elpidi erano tra le persone da eliminare.

La dovuta punizione, per i crimini commessi, rimandata in attesa del ritrovamento del *mandàla*.

Quello di cui Lavinia non riusciva a capacitarsi, era l'atteggiamento di Viviana. Le gravi accuse, includevano la sua complicità: plagiata dall'acceso fanatismo di Shahin, lo aveva aiutato a compiere un'atroce e ingiustificabile vendetta. Del perverso disegno, era stata un docile strumento, inconsapevole fino a un certo punto. Come avesse potuto accettare quel ruolo, restava incomprensibile.

La sua posizione e quella di suo padre erano al vaglio degli inquirenti. Più lungo e laborioso sarebbe stato venire a capo della rete di alleanze, costruita dal finanziere, ma Stefano si era buttato a capofitto nell'impresa, per stordirsi di lavoro.

Da quel quadro, mancavano due elementi. La moneta sacra restava introvabile e, mistero ancora più inquietante, di Francesca nessuno aveva potuto o voluto fornire notizie.

C'era ancora uno o più colpevoli, abilmente celati nell'ombra?

Oppure, il pervicace mutismo, ostinatamente mantenuto dai soggetti incriminati, nascondeva una beffarda rivincita?

Lavinia si guardò intorno, sospirando depressa: tutto era iniziato sulle sponde del laghetto e adesso il cerchio si era saldato, ma forse *La Signora delle Perle* aveva preteso un ultimo sacrificio umano.

Il cielo plumbeo si rispecchiava nell'acqua stagnante, i cigni, i germani reali, le papere erano al riparo; qualche raro gabbiano compiva stretti giri concentrici, per tuffarsi a racimolare lo scarso cibo, nel consueto scenario invernale.

Il Tempietto dedicato al dio Esculapio, impacchettato per il restauro, spiccava nell'aria livida, con il candore dei pannelli, tenuti insieme da ruvide corde. Incuriosita dalla vista di una figura familiare, Lavinia si avvicinò al ponticello di legno, chiuso da una bassa cancellata di ferro, che collegava la riva al monumento e, dopo un attimo di perplessità, chiamò: «Ida!».

La giovane donna, intenta a finire di sistemare, con alcuni operai, un grosso cavo, si girò e la salutò cordiale: «Ciao! Cosa ci fai da queste parti?».

«E tu?» domandò a sua volta, sorpresa.

«Sono qui per il restauro» fece Ida, quasi risentita, «Lavoro anch'io, sai?».

«Credevo fossi a Siena» obiettò Lavinia con un tono di scusa, guardando curiosa la sorella del suo ex marito.

Lei si avvicinò al cancello con aria radiosa, nonostante avesse le mani scorticate, il naso rosso e le labbra viola per il freddo intenso della giornata senza sole. Fece passare la squadra, che aveva completato la messa in sicurezza e spiegò: «Sono riuscita a ottenere questo incarico a Roma: la sovrintendente era amica dei miei genitori. Entra, dò un'occhiata di controllo e andiamo a berci qualcosa di caldo».

Lavinia la seguì sul ponticello di assi traballanti, facendone sloggiare due alteri cigni, che starnazzando le seguirono all'interno, ingombro di materiali di risulta, tra le impalcature montate.

«Lavori l'antivigilia di Natale?» si stupì Lavinia, sedendosi con precauzione su una cassa rovesciata, dalla quale sbucò la testa di un papero.

«I mesi volano, l'impegno è delicato e volevo essere sicura che tutto fosse a posto, in vista della pausa festiva. Ti avrei chiamata, uno di questi giorni: mi trasferisco a Roma, appena possibile e volevo sapere se potevi indicarmi una sistemazione».

«C'è casa mia» offrì d'impulso.

«Non voglio starti tra i piedi. E poi, preferirei essere indipendente» chiarì Ida, con un sorriso cortese.

«Capisco, ma io penso di spostarmi da Federico. Per un periodo di tempo, almeno» specificò, prudente.

«Magnifico!» approvò l'altra, evidentemente sollevata, trascinando un secchio dietro una colonna, «Sapevo di poter contare su di te. Come va la vostra storia?».

«Prosegue» affermò la donna.

Non aveva intenzione di dilungarsi sull'argomento, consapevole che il loro rapporto attraversava una fase critica.

Tenendo d'occhio con attenzione la papera, che uscita fuori dal suo nascondiglio, becchettava per terra, s'informò: «E tuo fratello?».

«Lui continua la carriera di severo e incorruttibile professore, in Sardegna. Ormai, dice, è abituato a stare da solo, le donne lo hanno deluso».

«Una in particolare, vero?».

«Certo, si riferisce sempre a te: è diventato così lamentoso! Insopportabile. Hai fatto bene a liberarti di lui» affermò Ida.

«È la prima volta che sei d'accordo con me» osservò Lavinia, colpita.

«Sto cominciando a capire che i torti non sono mai tutti da una parte. Sono diventata più obiettiva, ecco» concluse l'ex cognata, fissandola con intenzione.

L'altra annuì: non voleva ripetere gli stessi errori con Federico, perché stavolta era certa che con lui aveva costruito una relazione duratura, ma la vita era un continuo banco di prova: non sempre si sentiva all'altezza degli avvenimenti.

E dei sentimenti, che si aggrovigliavano in uno spaventoso disordine.

Ma l'ordine era importante quanto la chiarezza tra loro.

Ida diede un pezzo di pane alla papera, che le andava dietro con una strana familiarità e osservò divertita: «È la più affettuosa, forse è un papero. Appena mi vede, mi viene incontro e sembra capisca ciò che le dico».

Lavinia pensò all'anatroccolo che Paolo aveva regalato a Francesca, mai rintracciato. Quale era il suo nome?

«Chicca».

Dondolandosi, l'animale corse verso di lei, agitando le ali: si muoveva con difficoltà sulla superficie sconnessa e la donna fissò attenta, le zampe palmate. Poi, con il cuore a mille, folgorata da un'idea folle, la chiamò ancora, con dolcezza: «Chicca, vieni!».

La papera era lì, davanti a lei, gli occhi brillanti sembravano perle nere. Lavinia sollevò con delicatezza prima una zampa, poi l'altra: la bestiola, docile, la lasciò fare.

Incastrata con un cerchio di plastica, intorno all'articolazione, nascosta tra le piume morbide, come in uno scrigno inaccessibile, *La Signora delle Perle* era sotto gli occhi increduli di Lavinia, che con dita tremanti la liberò dell'involucro trasparente e tenne sul palmo della mano il simbolo sacro, il *mandàla* che era constato la vita a vittime innocenti.

43

Il silenzio appiccicato alle pareti della casa, venne bruscamente strappato via, dal suono insistente del telefono.

Lavinia si sollevò a fatica su un gomito, mentre Federico alzava il ricevitore.

«Pronto...» riuscì ad articolare, con voce impastata di sonno, guardando senza riuscire a mettere bene a fuoco, le cifre della sveglia digitale che segnavano le tre del mattino.

«Una chiamata intercontinentale per il dottor Mètes. È a carico del ricevente, accetta l'addebito?» chiese l'efficientissimo centralinista.

«Da dove?» domandò l'uomo ancora stordito.

«Boston, Stati Uniti».

Lavinia accese la lampada a stelo sul tavolino e suggerì:

«Sentiamo di che si tratta: ormai siamo svegli».

«D'accordo, passi la chiamata» bofonchiò lui, mentre la donna appoggiava la schiena alla spalliera imbottita del letto.

Un attimo di attesa e nel filo sembrò passare la vasta eco dell'oceano.

«Dottor Mètes, sono Francesca» disse una voce cristallina, che giungeva chiara e inconfondibile.

Federico stentò a realizzare, Lavinia invece soffocò un grido e si avvicinò al microfono, mentre la loro interlocutrice continuava a parlare:

«Scusi se disturbo lei, cercavo Lavinia. Le ho telefonata a casa e mi hanno dato il suo numero».

«Hai idea di che ora sia in Italia?» ribatté l'uomo, molto risentito e niente affatto commosso.

La ragazza ammutolì per un momento, poi avvertì esitando: «Qui sono le nove del mattino».

Lavinia emozionatissima, afferrò il ricevitore, togliendolo dalle mani di Federico: alle sue orecchie giunse il suono di quella voce, che ormai temeva di non sentire più.

«È l'unico momento in cui posso chiamare. Sono sorvegliata strettamente e senza un soldo, per questo ho chiesto l'addebito».

«Francesca, stai bene?».

«Oh, Lavinia... Sì, sì, sapessi quanto ti ho pensata! Da giorni cerco di chiamare la nonna, a casa non risponde nessuno. Sono preoccupata per lei, cos'è successo?».

La donna sospirò, rattristata: la contessa Giovanna era morta da una settimana. Il cuore non aveva resistito all'ultimo, fatale urto, ma non poteva comunicarlo alla nipote, senza sapere in quale situazione si trovava.

«Non sta troppo bene» inventò su due piedi, «è in clinica per degli accertamenti. E tu? Siamo stati così in pena, senza tue notizie, dopo il rapimento!».

«Quale rapimento?» si sorprese la ragazza, «se mai un vero e proprio sequestro di persona. Mio padre non vi ha messo al corrente? È stato lui a spedirmi all'estero!».

Lavinia si raddrizzò indignata, mentre Federico soffocava gli improperi nel cuscino.

«Non ci ha detto proprio niente!».

«È stato su consiglio di quel maledetto avvocato, come si chiama? Ornella Altea» i due si fissarono increduli, «Gli ha spiegato che correvo seri pericoli e lo ha convinto che la cosa migliore da farsi, era inscenare un rapimento. Ha organizzato tutto lei» continuò risentita Francesca, «Mi ha imbarcata sull'aereo e mi ha accompagnata fino a Boston, neanche fossi una criminale. Ha dato istruzioni precise al Simmons College, dove mi ha praticamente internata. È stata categorica e molto convincente immagino, affinché non avessi il minimo contatto con l'esterno: solo i miei potevano comunicare con me e io con loro. Se una compagna non mi avesse indicato il numero per addebitare le chiamate, non avrei potuto farmi viva con nessuno».

«Francesca, è una storia inverosimile! Sei sicura che sia andata così? Non siamo stati avvertiti e ti abbiamo cercata disperatamente».

Evitò di dirle che la consideravano una vittima da aggiungere alle altre due.

«Certo che è andata così, non invento nulla» esclamò agitata la ragazza, «Mi dispiace di non aver pensato prima a te, ma non immaginavo che mio padre fosse tanto, tanto…».

Non trovava la definizione adeguata e Lavinia le venne incontro: «Ora tutto è chiarito, non preoccuparti: *La Signora delle Perle* è stata ritrovata, il colpevole, Shahin Mahel assicurato alla giustizia».

«Cosa? Lui avrebbe ucciso Paolo e Marcello?».

«Sì» affermò la donna, passandosi le dita nei riccioli arruffati, «Non è il caso che ti spieghi i dettagli, ma stai tranquilla: non corri più pericolo».

«Fra un mese sarò maggiorenne e spero di avere una spiegazione decente sul comportamento inqualificabile della mia famiglia» disse addolorata la ragazza, in tono amaro, «Non ti trattengo e scusami».

«Non dirlo nemmeno. È stato un tale sollievo sapere che stai bene! Hai bisogno di qualcosa? Dammi un recapito».

«Se potessi farmi avere la cassetta di Paolo, sai, quella che ha inciso per me. Magari un duplicato».

«Certo» affermò Lavinia, afferrando un blocchetto e la matita.

«L'indirizzo è: Simmons College, 827 Fenway, 02120, Boston Massachusetts. Hai segnato?» chiese ansiosa.

Lei guardò i suoi scarabocchi graffiati sul foglio, sperando di riuscire a decifrarli a mente lucida e assicurò: «Te la spedirò con un corriere aereo».

«Grazie e buon Natale».

«Auguri anche a te».

Il segnale di libero arrivò nitido dall'apparecchio e Federico tolse il ricevitore dalle mani di Lavinia, che scivolò sotto il piumone con un sospiro di beatitudine.

«Non è un meraviglioso regalo, la notte della Vigilia?».

«Fantastico» convenne l'uomo, spegnendo la luce.

«Adesso capisco perché Gaster non ha dato seguito alla denuncia. Stefano stenterà a crederci».

«Ci crederà subito, se gli suggerirai di portarle personalmente la cassetta» insinuò lui, prendendola tra le braccia.

«Da Ornella, non me lo sarei mai aspettato» commentò lei, ancora scossa.

«Nessuna collera è più forte di quella di una donna. Lo dice la Bibbia» affermò Federico ironico, «Io posso solo aggiungere che voi donne siete capaci di tutto. E anche di più» assicurò il suo compagno, nascondendo uno sbadiglio nella curva del collo di Lavinia.

«Aspetta l'ultimo dell'anno, prima di parlare».

Federico socchiuse gli occhi nella penombra, avvertendo il sorriso intrigante.

«Cos'hai in mente?».

«Di cominciarlo insieme, noi due soli, nel silenzio di una piccola, isolata casa di montagna, attendendo il 1991 davanti al caminetto acceso, con una bottiglia di champagne al fresco, nella neve» gli bisbigliarono all'orecchio due labbra calde ed eccitanti.

«E dove sarebbe questo nido d'aquila?» s'informò lui, cauto e diffidente.

«Nido d'amore» corresse dolcemente Lavinia attirandolo a sé, «È una baita sopra Aosta: mio padre l'affitta annualmente, ma solo durante l'estate. Gli ho telefonato ieri, è tutto sistemato».

«È la tua prima iniziativa che approvo senza riserve, *Seme di Miele*» mormorò lui, in un bacio.

«Ho sempre sognato di passare la notte di San Silvestro in un rifugio tra i monti, sola con l'uomo della mia vita» confessò in un sussurro, quasi imbarazzato.

Federico l'avvolse in un abbraccio silenzioso ed eloquente, che escludeva i dubbi recenti.

Il tempo dei bilanci, sarebbe comunque venuto.

Potevano aspettare.

Giunone, nume tutelare della casa, girò intorno al cestino di vimini che Lavinia le aveva mostrato, in gran segretezza, quel pomeriggio.

Preludio di un viaggio, aveva fiutato la gatta, seccata.

Lei odiava spostarsi dal caldo e comodo appartamento, ma nessuno purtroppo, avrebbe chiesto la sua opinione: rassegnata, la coda fioccosa in aria, il felino esplorò indisturbato le stanze silenziose e finì per salire, vigile e insonne, sul davanzale.

Il giardino dormiva, nel buio di una notte gelida; sotto la terra, le rose aspettavano il tepore della primavera; dal piccolo forno artigianale per la fusione usato da Lavinia, non saliva più il fumo. Nel fondo del crogiolo, liquefatta dal calore, la moneta aveva finito per sempre, d'influenzare i suoi fanatici.

La Signora delle Perle, si era dissolta, smaterializzata.

Apparteneva adesso all'infinito, dal quale la cupidigia degli uomini non avrebbe più potuto strapparla.

Nel Bihar, ai piedi del massiccio himalaiano, un monaco liberò due colombe bianche, tra le colonne di un tempio buddista in rovina: un sacrificio incruento, per rispettare la vita.

www.ingramcontent.com/pod-product-compliance
Lightning Source LLC
Chambersburg PA
CBHW021342150726
47989CB00005B/2066